SV

Band 806 der Bibliothek Suhrkamp

Ricarda Huch

Lebenslauf des heiligen Wonnebald Pück

Eine Erzählung

Suhrkamp Verlag

Erste Auflage 1983
Lizenzausgabe mit freundlicher Genehmigung des
Insel Verlags Frankfurt am Main

Druck: Nomos Verlagsgesellschaft, Baden-Baden
Printed in Germany

Lebenslauf des heiligen Wonnebald Pück

Über Berge, auf denen der Schnee noch nicht geschmolzen war, ging Lux Bernkule, ein junges verwitwetes Weib, mit ihren zwei Kindern, dem zehnjährigen Brun und der kaum dreijährigen Lisutt, nach dem jenseitigen Orte Klus, der ihre Heimat werden sollte. Es lebte dort der Vater ihres verstorbenen Mannes, Christoph Bernkule, in hohem Alter als Schermäuser oder Maulwurfsfänger, welches Amt ihm ein nettes Einkommen verschaffte und bei dessen Ausübung ihn die Schwiegertochter mit ihren Kindern unterstützen sollte. Sein Sohn Henne, ihr Mann, hatte mit seinem Vater von jeher in Unfrieden gelebt, so daß er ihm Frau und Kinder niemals vorgestellt, die Ursache davon aber niemals hatte laut werden lassen; da nun der Lux die enge Rechtlichkeit und Hartköpfigkeit ihres Mannes wohl bekannt waren, bildete sie sich ein, daß auch er Schuld an dem Zwiespalt getragen haben könnte, und war wohl geneigt, der Einladung des Greises Folge zu leisten, teils aus Neugier, teils aus Mitleid mit seinem einsamen Alter, und schließlich weil sie durch einen mächtigen Gönner, der ihr alles Erdenkliche an Schutz und Begünstigung zusicherte, dazu angeregt wurde. Dies war der Abt des Klosters, in dessen Nachbarschaft ihr Mann Forstgehilfe gewesen war, Wonnebald Pück, der kürzlich zum Bischof von Klus ernannt worden war und, heftig verliebt in die anmutreiche Frau, sie eindringlichst ermunterte, gleichfalls dorthin überzusiedeln, wo sie einzig auf der Welt noch Familienanhang hätte. Einem Ratschlag des alten Bernkule folgend, hatte sie Männerkleidung angelegt und stieg so behende, aber ohne sich zu eilen, den alten Saumpfad hinan, der den Fußgängern diente, mit Hilfe des kleinen Brun einen Karren bald schiebend, bald ziehend, der mit allerlei Kleidern und Hausrat beladen war und auf dem auch Lisutt, wenn sie müde war, gefahren wurde. An einem hochgelegenen Punkte kreuzte sich der alte, beschwerliche Weg mit der neuen Straße, die für die Eisenbahn gebaut worden war, und es fügte sich, daß die Wanderer dort mit dem Zuge zusammentrafen, der den neuen Bischof seinem Ziele entgegenführte. Er saß im Speisewagen an einem gedeckten Tischchen und erblickte, wie er gerade ein Glas rotgelben Weines an die Lippen setzte, die fahrenden Leute, die vor dem niedrigen Stationsgebäude standen, dicht aneinandergedrängt in dem beißenden Höhenwinde, die Kinder ein Stück Brot in den rotgefrorenen Händen. Seine Augen weilten mit Appetit wie auf einer leckeren Schüssel auf Lux, deren ragende Schlankheit in der losen Jacke und kurzen Pumphose sich schöner als sonst sehen ließ; ihre feinen braunen Haare waren abgeschnitten und hingen in weicher Bewegung um ihr helles Gesicht, das in reizvollem Wechsel bald tiefgreifendes, wägendes Denken, bald betörende Süßigkeit ausdrückte. In ihrem Lächeln, mit dem sie seinen leutseligen Gruß erwiderte, lag mehr Überlegenheit, als Ehrerbietung oder Liebe zugelassen hätten, allein er ärgerte sich weder darüber noch über den trotzigen Blick, den Brun ihm zuwarf, da er nicht zweifelte, daß die Zeit, die ihm lieblichste Vergütung im Überfluß zuteil werden lassen würde, vor der Tür stände. Mit freundlicher Würde winkte er einen Angestellten des Zuges herbei, händigte ihm zugleich mit einem reichlichen Trinkgeld eine Flasche Wein ein und bedeutete ihm, sie den armen Leuten draußen zu überreichen, und als gleich darauf der Zug sich langsam in Bewegung setzte, bewegte er die Hand majestatisch grüßend gegen die kleine Gruppe.

Während der Bischof, träumerisch speisend, in dem gemütlichen Wagen, der weich wie ein Schlitten dahinsauste, weiterfuhr, malte er sich die mit seiner Beförderung verknüpften Annehmlichkeiten in genußreichen Bildern aus, wobei seine Zufriedenheit nur durch die Sorge beeinträchtigt wurde, ob und wie er sich die Mittel, die seine Lebensführung kostete, würde beschaffen können.

Der Vater von Wonnebald Pück war ein schwerreicher Kaufmann und sowohl dadurch wie durch seinen Verstand und schließlich durch eine vornehme Heirat eine in weiten Kreisen maßgebende

Persönlichkeit gewesen. Seine Frau, hübsch und von altem Adel, hatte ihm mehrere Kinder geboren, von denen das jüngste etwa zwölfjährig war, als sie ihm unerwarteterweise noch einmal das Glück, Vater zu werden, in Aussicht stellte. Der bereits ergrauende Mann freute sich doppelt, da das Kind ein Knabe wurde, und erteilte ihm zu beständigem Andenken an die Seligkeit, die seine Ankunft mit sich gebracht hatte, den Namen Wonnebald; doch verwandelte sich seine übertriebene Zärtlichkeit bald in Kummer und Ärger, da der Jüngste die Anlagen eines Taugenichts, Faulenzers, Dummkopfs verriet, während seine älteren Geschwister nicht hervorragend, aber doch leidlich begabt und durchaus rechtschaffen waren. Weder in der Schule noch unter häuslicher Aufsicht lernte er etwas, galt es aber mutwillige Streiche auszuführen oder etwas Verbotenes zu erschleichen, mangelte es ihm nicht an Erfindungsgabe und Pfiffigkeit, so daß, wie übel er auch in allen ernsten und ehrlichen Angelegenheiten bestand, er doch immer frech und guter Dinge und der Zukunft gewiß war. Die Ermahnungen und Drohungen seines Vaters schlugen bei ihm nicht an, einzig bei seiner Furchtsamkeit konnte man ihn fassen, und zwar wirkte die Angst vor dem Fegfeuer oder Gespenstern weit kräftiger als Angst vor Prügelstrafe oder andern natürlichen schmerzhaften Folgen seines argen Lebens, denen er durch Glück und schlaue Anschläge zu entrinnen dachte. Wäre aber auch die Strenge seines Vaters von Einfluß auf Wonnebald gewesen, so hätte diesen die Torheit der einsichtslosen Mutter sogleich wieder aufheben müssen, die, so anspruchsvoll und unnachgiebig sie übrigens sein konnte, eine Wollust darin fand, sich von ihrem Sohne umgarnen und ausbeuten zu lassen, was er geschickt und freundlich zu tun verstand. Ihr war dabei etwa so zumute, als ob sie im angenehmen Halbschlummer, so daß sie die Töne und Gegenstände nur verschwommen wahrnähme, auf einer Ottomane läge, während das Fell einer schnurrenden Katze sich schmeichelnd an ihr riebe. So traute sie zum Teil seinen Vorspiegelungen, zum Teil seine arglistige Absicht durchschauend, und verharrte beglückt in dem gaukelnden Zwielicht, ja widersetzte sich eigensinnig, wenn ihr Mann oder ihre andern Kinder sie zwingen wollten, die Wahrheit zu erkennen oder zuzugestehen. Als sich die Schwierigkeit und eigentlich Unmöglichkeit, Wonnebald in irgendeinem Berufe vorwärts zu bringen, zeigte, verfiel sie, mit Vorwürfen wegen ihrer unbesonnenen Erziehung überhäuft, auf den Gedanken, ihn geistlich werden zu lassen, da ihm auf dieser Laufbahn, so hoffte sie, die bedeutenden Verbindungen ihrer adligen Familie zugute kommen würden. Hiergegen sträubte sich der Vater, der die Religion für gut und nützlich, die Kirche aber für faul und verdammlich hielt, allein da er keinen andern Ausweg wußte und ohnehin einen rechten Zusammenhang des Herzens mit Wonnebald nicht mehr spürte, gab er nach und mußte bald gestehen, daß, äußerliches Fortkommen und Ansehen anbelangend, seine Gattin einen guten Griff getan hatte.

Wonnebalds Geist, der sowohl den einfachen wie den höheren Wissenschaften gegenüber unzugänglich geblieben war, nahm glatt und geschwind die religiösen Lehren auf, die ihm auf dem Seminar, das er nun besuchte, beigebracht wurden, so daß seine Mutter mit Fug behaupten durfte, es wäre derselbe einer geweihten Erde vergleichbar, in der kein andrer als der gottgefällige Samen der Theologie gedeihen könnte. Zwar klagten die Leiter der Anstalt nicht selten über unerlaubte Leichtfertigkeiten des jungen Pück, doch pflegten sie, in Anbetracht des strengen Wandels, der späterhin unweigerlich zu führen war, den Jünglingen die Schwächen und Unzuträglichkeiten ihrer Jahre im allgemeinen hingehen zu lassen, besonders wenn diese sich mit so viel Talent und Fleiß in kirchlichen Dingen vertrugen wie bei Wonnebald. Besonders glänzte seine Kunst der heiligen Darstellung, insofern er nämlich beim kirchlichen Amtieren ebensoviel Pomp und Weihe wie kindliche Demut in seine Gebärden zu legen wußte, so daß, noch ehe er jemals öffentlich aufgetreten war, der Ruf aufkam, er werde sich dereinst zu außerordentlichen Würden erheben. Wonnebalds Mutter warf sich unter dem Eindruck dieser Ereignisse mehr und mehr auf die religiöse Seite, besuchte eifrig die Kirche, verkehrte mit Geistlichen, machte Stiftungen und Schenkungen und war durch nichts mehr zu erbittern, als wenn ihr Mann und ihre Kinder Verwunderung darüber äußerten, wie sie bisher ganz ohne religiöse Bedürfnisse und Veranstaltungen gelebt habe, was sie bestritt. Bei den Besuchen ihres Sohnes befliß sie sich eines bescheidenen und hingebenden Benehmens, dessen Früchte er in liebenswürdiger Harmlosigkeit pflückte, wie er denn überhaupt alles Gute genoß, ohne sich und andre durch Zweifel oder Bedenklichkeiten irgendeiner Art zu stören.

Obwohl er sich durch sein umgängliches Betragen und vergnügtes Gesicht bei seinen Lehrern und Vorgesetzten beliebt gemacht hatte, waren diese doch nicht ohne Sorge, wie seine eher zu- als abnehmenden fleischlichen Wesenseigentümlichkeiten sich mit dem geistlichen Berufe vertragen sollten, und führten ihn deshalb mit äußerster Beschleunigung durch alle Bildungsgrade bis zur Weihe, in der Meinung, daß durch die mystische Handlung das niedrig Stoffliche, was ihm leider noch anklebte, mehr oder weniger entzündet und verklärt werden würde.

Indessen wurde eine augenblickliche Wirkung nicht bemerkbar, vielmehr entfaltete er seine fröhlichen Triebe, nachdem er Benefiziat in einem kleinen entlegenen Dorfe geworden war, erst recht, als wäre nach mannigfacher Entbehrung nun die schöne Zeit der Ernte herbeigekommen. Was er durchaus nicht lassen konnte und mochte, war, mit hübschen Weibern, wenn es irgend anging, Liebschaften anzuknüpfen, wodurch er die Bauern nicht wenig ärgerte, und da er ihnen dazu noch dadurch anstößig wurde, daß er sich so viel wie möglich Hühner, Eier und Butter schenken ließ, hielten sie mit lautem Tadel seiner Predigten nicht zurück, die kurz, hohl und unnütz wie Seifenblasen über ihren Köpfen zerplatzten. Der Bischof, zu dessen Regiment er gehörte, sah sich genötigt, Wonnebald einen Vorhalt zu machen über den Leichtsinn, mit dem er seinen Beruf auffaßte, worauf dieser sich damit entschuldigte, daß das kleine Dorf ihm keine seinem Geiste angenehme Nahrung gewährte und daß er deshalb den gröberen Zerstreuungen nachginge, die es ihm darböte, ferner, was die Predigt beträfe, daß die Bauern sich zu seiner Höhe nicht aufschwingen könnten, er zu ihrer Dummheit sich nicht herablassen möchte. Hierauf bildete sich die Ansicht, es würde das beste sein, den jungen Mann an eine bessere Stelle zu setzen, wo seine Vorzüge mehr zur Geltung kämen, seine lasterhaften Gewohnheiten aber teils weniger auffielen, teils wegen der beständigen Überwachung durch Gleichstehende und Vorgesetzte sich mehr in schützendes Dunkel verkriechen würden. Solche Erwartungen enttäuschte jedoch Pück, der nunmehr Pfarrer in einer größeren Stadt wurde, vollständig, indem er der vermehrten Gelegenheit zu Lust und Wonne nicht widerstehen konnte und es weit ausgelassener trieb als zuvor, so daß an Abhilfe ernstlich gedacht werden mußte.

In derselben Stadt war der Sitz eines Weihbischofs, der, gelehrt und sittenstreng, an dem ungebührlichen Betragen Wonnebalds einen großen Anstoß nahm und sich häufig über ihn so ereiferte, daß er ihn gern mit Schimpf und Schande aus der Kirche ausgestoßen hätte. Doch überlegte er sich, daß der leidige Mensch einen reichen und hochansehnlichen Familienanhang habe, der ein so scharfes Vorgehen übel aufnehmen würde, und ferner, daß es der Kirche einen schlechten Leumund bereiten könnte, wenn man erführe, daß ein unwissender, untüchtiger und gewissenloser Mensch wie Pück es bis zum Pfarrer hatte bringen können. Unter seinen Augen aber wollte er solche Leichtfertigkeit sich nicht breitmachen sehen und betrieb deshalb seinen Übergang in ein Kloster, so die Verantwortung für seine schamlose Aufführung von sich abladend, aber nicht ohne ihn mit nachdrücklichen Empfehlungen auszurüsten. In dieser und ähnlicher Art rückte Wonnebald mühelos empor und wurde etwa fünfundvierzigjährig Abt eines Kosters, das in schöner, waldreicher Gegend abseits vom Verkehr der großen Welt gelegen war. Immerhin gab es in der Nachbarschaft des Kosters mehrere große Güter, deren Besitzer mit dem geselligen Abte in freundliche Beziehungen traten und im Verein mit welchen er sich bald das Leben so genußreich einzurichten wußte, wie es nach seinem Sinn war. Umsonst freilich gelangte er weder zu den üppigen Speisen noch zu den Zärtlichkeiten der Frauen, vielmehr gab er dafür so viel Geld aus, daß er sich auf das Spielen verlegte, wobei er im ganzen mehr verlor als gewann und seine Lage noch verschlimmerte. Was er von seinen inzwischen verstorbenen Eltern geerbt hatte, war bereits aufgebraucht, und die Geschwister, die ihm öfters Geld vorgestreckt, aber stets vergeblich auf Wiedererstattung gedrungen hatten, weigerten sich durchaus, ihm nochmals beizuspringen; so kam er dazu, den Gutsbesitzern abzuborgen, was er ihnen nicht abgewinnen konnte, und ihnen ebenfalls nichts davon zurückzuzahlen. Dies verdroß die Herren, die alle nacheinander an die Reihe kamen, mehr und mehr und vergällte ihnen das Zechen und Bechern mit dem Abte, ja manchen unter ihnen fiel es jetzt auf, daß er kein Gottesmann wäre, wie

er sein sollte, und sie setzten ihn daheim und öffentlich mit deutlichen Anspielungen herunter. Im Kloster selbst hatte er alle diejenigen auf seiner Seite, denen ein gemächliches Leben über alles gefiel, einige aber, die aus Frömmigkeit oder galliger Gemütsart den Freudentaumel nicht mitmachen wollten, mißbilligten ihn durch schweigende Zurückhaltung oder verklagten ihn böswillig, wenn sich eine Gelegenheit dazu bot.
Diese Zustände bewirkten mit der Zeit, daß Wonnebald zuweilen von seinen Oberen Sendbriefe mit Vorwürfen und Drohungen erhielt, über deren Beantwortung er seufzte und schwitzte, ohne doch etwas Rechtes zustande zu bringen, wodurch er auf den Gedanken kam, die Arbeit einem geschickten Kopf zu übertragen, der ihm ergeben wäre. Dies auszuführen war aber nicht leicht, denn er wollte sich weder den Klosterbrüdern noch den Gutsnachbarn anvertrauen, sondern am liebsten einem einfachen, armen Manne, der ihn womöglich für einen übel verleumdeten, ehrwürdigen Kirchenvater ansähe und außerdem durch kleine Belohnungen in Abhängigkeit zu halten wäre. Unter den Bauern und Tagelöhnern, die in der Gegend wohnten, war ihm indessen keiner bekannt, der gescheiter als er selbst gewesen wäre, doch fiel ihm ein, einmal von einer Frau gehört zu haben, die mit zierlicher Handschrift wundervoll zu schreiben verstände und für die ganze Bauern-

schaft ringsum ausfertigte, was an Schreibereien vorkäme, sei es in Liebessachen oder beim Handel oder vor Gericht. Wonnebald, der unter den Frauen und Mädchen übrigens gut Bescheid wußte, hatte sich die Bekanntschaft der Lux Bernkule, denn um diese handelte es sich, aus mehreren Gründen bisher entgehen lassen: einmal weil er die gelehrten Weiber verabscheute und sodann weil er wußte, daß sie eines Jägers Frau war, eines strengen, aufbrausenden Mannes, der überdies auf die Geistlichkeit nicht gut zu sprechen war.
Lux war das Kind einer Nonne, einer vornehmen und hochgebildeten, in allerlei Künsten geübten Dame, die einen schon vor ihrer Einkleidung ihr vertrauten Liebhaber auch im Kloster noch öfters gesehen und eine Tochter geboren hatte und der eine nachsichtige Äbtissin gestattete, daß das Kind unter den Bediensteten des Klosters aufwachsen durfte. Zwar durfte sie mit ihrer Mutter nur flüchtig verkehren und ihr auch nie, obwohl ihr das gegenseitige Verhältnis nicht verborgen blieb, den Mutternamen geben, doch hatte sie Gelegenheit, mancherlei zu lernen und sich zu bilden, und benutzte sie willig, wie denn überhaupt ihrem gesunden Geiste von allen Seiten Nährendes und Heilsames zugeflogen kam. Manches Mädchen wäre unter so heiklen Umständen vergrämt und vergrillt worden, Lux indessen war mild und heiter geartet, durchschaute die Dinge

und die Menschen, ohne sich an ihnen zu ärgern, und verlangte nicht viel, außer daß man sie anständig und freundlich behandelte, denn sie war empfindlich gegen harte oder unschöne Berührungen, wie ihr denn überhaupt ein gewisser Hang für anmutige Lebensformen angeboren war. Trotzdem verliebte sie sich, als sie achtzehnjährig war, in den Jäger Henne Bernkule, der ein Mann ohne gebildete Sitten war, was freilich in der Zeit der Werbung, wo die Leidenschaft seine kräftige Schönheit veredelte und immerwährender Sonntag in ihren erwartungsvollen Herzen herrschte, leicht übersehen werden konnte. Später sah sie allerlei Gebärden und Gewohnheiten an ihm, die mit ihrem Schönheitssinn nicht in Einklang waren, doch hatte sie ihn deswegen nicht weniger lieb, sondern lachte zuweilen darüber oder denn es rührte sie. Peinlich war es ihr, wenn ihr Mann, was er gern tat, über die schlechten Menschen schimpfte, insbesondere über die Geistlichkeit, wobei er immer dieselbe Beweisführung und dieselben Ausdrücke anwendete, und zwar erging er sich am bittersten über das Kloster, in dem sie aufgewachsen war, nicht zum wenigsten eben deswegen, weil sie sich dort, bevor sie etwas von ihm wußte, zufrieden gefühlt hatte.

Nun wollte es das Glück des Abtes, daß der Forstmann im Kampf mit einem Wilderer verwundet wurde und starb, gerade zu der Zeit, als er der Hilfe seiner Frau bedürftig wurde, die er nun ohne Furcht zu sich bescheiden konnte, um ihr sein Ansinnen auseinanderzusetzen. Der Anblick der großen, mit stiller Lieblichkeit sich bewegenden Frau und ihrer sanft lächelnden Augen machte ihn fast ein wenig verlegen, da er sie sich anders vorgestellt hatte; aber sein Anliegen betreffend, flößte ihm die Art ihrer Erscheinung sogleich die Überzeugung ein, daß sie alles Erforderliche verstehen und auch tun würde. Sie hörte auf eine solche Weise zu, daß die Worte des Sprechenden ihr von selbst entgegenkamen und er fließender und einleuchtender, als er selbst geglaubt hatte, die Angelegenheit erklären konnte: wie er mit Geschäften überladen und dazu an einem bösen Gliederfluß leidend sei, so daß er die Feder nicht stramm führen könne, wie er von Unruhstiftern verleumdet und wie verdrießlich ihm, einem friedfertigen Priester, solches Gezänk sei, so daß er herzlich dankbar sein würde, wenn ein einsichtiger und verschwiegener Freund den häßlichen Briefwechsel, wie es ihn gut dünkte, erledigte. Lux sagte vergnügt und bescheiden, sie habe alles verstanden und werde das Ding zur Zufriedenheit des Abtes ausführen, brachte auch wirklich in Bälde ein Schriftstück zustande, das Wonnebald mit behaglichem Stolz als seines abschickte. Zur Liebe hielt der Abt die Witwe nicht geeignet, da sie nichts weder von der drallen und schnippischen noch von der süßlich weinerlichen Frauenart hatte, die er bevorzugte; sie kam ihm unscheinbar vor, und er sah es für eine schöne Leutseligkeit seinerseits an, daß er ihr trotzdem eine gewisse Annehmlichkeit zubilligte. Einer Ähre glich sie wirklich mit schlankem, biegsamem, stolzem Halme, die keine prangenden Blüten trägt, aber durch die bald silbern aufglänzende, bald blau und lila schattende Farbe und den würzereichsten, belebendsten Geruch jeden Wanderer anzieht und unwiderstehlich gewinnt. Zu seiner eignen Verwunderung mußte sich der Abt bald gestehen, daß er in außergewöhnlich hohem Grade in Lux verliebt war, und obwohl er annehmen durfte, daß sie eine so ganz unverdiente Zuneigung ohne Zögern reichlich erwidern würde, fand er doch nicht sogleich eine Wendung, um aus der geschäftlichen Region in die menschlich gefühlvolle überzugehen. Nach kurzer Zeit indessen hatte er sich so weit ermannt, daß er sich ihr mit zutraulicher Zärtlichkeit näherte, aber sie wehrte ihn freundlich ab, indem sie erklärte, sie sei Mutter zweier Kinder und erst kürzlich Witwe geworden und nicht in der Verfassung, dergleichen Scherze zu dulden oder gar auszutauschen. Der Abt meinte, die wohlwollende Äußerung seiner Dankbarkeit dürfe sie sich immerhin gefallen lassen, hielt sich aber doch seitdem zurück, da seine

Kenntnis des weiblichen Geschlechts ihm riet, sich in diesem Falle nicht aufzudrängen, sondern klüglich die Annäherung der Stolzen abzuwarten. Inzwischen besuchte er sie zuweilen in ihrer Wohnung, um sich mit ihren Kindern zu befreunden, womit er aber nicht viel Glück hatte; denn Brun zeigte sich um so trotziger, je schmeichelnder die Liebenswürdigkeit des Abtes ihn zu gewinnen suchte, und die kleine Lisutt machte sich wohl seine Beflissenheit zunutzte, indem sie ihn Greifen und Verstecken spielen ließ, daß er schwitzte, schalt ihn jedoch Tropf und Faulpelz, weil er nicht hurtig genug auf die Spiele einging, und drehte ihm den Rücken, sowie sich ein besserer Kamerad einfand.
Lisutt hatte dunkelblondes, ein wenig gelocktes Haar, das auf beiden Seiten der rundgewölbten Stirn auf den festen Hals fiel, einen winzigen Mund, der stets etwas offen stand, und eine winzige Nase, die dem runden Gesicht den Ausdruck von Ahnungslosigkeit und Sicherheit verliehen, mit dem es unbekümmert in die Welt blickte. Der Abt hatte für die Süßigkeit dieser vollkommenen Lebensknospe keinen Sinn, und wenn er Kindern auch nichts zuleide tat, wünschte er doch im Herzensgrunde, daß sie alle der Kuckuck holte, als etwas, was schwirrend und blutsaugend um einen herum wäre wie Mücken im Hochsommer. Zuweilen ärgerte er sich auch über Lux, daß sie diese

Kinder hatte und sich so kostbar machte, anstatt die liebe lange Zeit mit ihm zu genießen, aber der Groll erhitzte nur seinen Wunsch, sie zu besitzen und alsdann zur Strafe für ihre Widerborstigkeit recht kurz am Zügel zu halten. Obwohl er im allgemeinen mit vollen Händen spendete, um vergnügte und ergebene Gesichter um sich zu sehen, belohnte er Lux für die Schreiberdienste, die sie ihm leistete, nur kärglich; denn er meinte, sie sei schon allzu hochfahrend und müsse womöglich durch Geldknappheit in Demut und Abhängigkeit erhalten werden.

Unterdessen blieb der Geldmangel des Abtes fortwährend derselbe, und da einer von seinen Gläubigern, der sich selbst in mißlicher Lage befand, eigensinnig auf sein Recht pochte und ihn mit bösartigen Drohungen verfolgte, beschloß er, die zudringliche Habgier desselben müsse, es koste, was es wolle, gesättigt und sein eigner Beutel wiederum gefüllt werden. Die Verzweiflung befruchtete seine Erfindungsgabe: beim Anblick eines starken, blank abgesogenen Gänsebeines kam er auf den Gedanken, dasselbe könne füglich auch einem andern Lebewesen, beispielsweise einem Menschen angehört haben, und wenn es einerseits bedauerlich sei, daß es einen Teil eines unwürdigen Vogelgerippes anstatt eines Heiligenleibes bilde, als welches es angebetet werden, Wunder verrichten und viel Geld einbringen könnte, so sei anderseits nichts dagegen einzuwenden, wenn ein denkender Kopf es als verschollenen Knochen eines hervorragenden Märtyrers ausgäbe, und müßte sowohl die Kirche wie die Laienwelt demselben für eine so glückliche Eingebung dankbar sein.

Der Einfall versetzte Wonnebald in eine behaglich prickelnde Erregung, so daß er, um die Stimmung gehörig auszukosten, sogleich seinen vertrautesten Genossen, den Pater Eulogius, rief und eine Karaffe voll des erlesensten Weines in den kleinen erkerartigen Ausbau bringen ließ, den der sinnige Erbauer des Klosters hatte anbringen lassen, um von dort aus das Untergehen der Sonne hinter den dunkeln Wäldern zu betrachten. Hierauf setzten sich die Männer in die beiden breiten geschnitzten Stühle, die die Nische ausfüllten, und besprachen lächelnd und flüsternd, wie die heimliche Sache, deren Bedeutsamkeit dem Eulogius augenblicklich einleuchtete, möglichst glaubwürdig und ersprießlich könne ausgerichtet werden. Wie sie zuweilen zwischen dem Plaudern die Gläser hoben, einen bedächtigen Schluck nahmen und, die Augen halb schließend, sich zurücklehnten, fielen ihre Blicke auf ein altes Gemäuer, das den nächsten Hügel bekrönte und von dem die Legende berichtete, es sei ein Überbleibsel des ersten Klosters, das der Stifter in grauer Vorzeit errichtet habe, das aber später von wilden Völkern, Hunnen oder Türken, zerstört sei, worauf das neue im Tale, größer und prächtiger als jenes, auferbaut worden sei. Zwischen diesen Trümmern, meinten Wonnebald und Eulogius, könnte der auserkorene Knochen schicklicherweise aufgefunden werden, ja es sei eigentlich hochwahrscheinlich, daß das ganze Gerippe des heiligen Krauti, so hieß der sagenhafte Stifter, dort oben begraben liege und schon längst würde aufgefunden sein, wenn man nur fleißiger nachgespürt hätte. Bereits stand es dem Abte fest, daß das jünste Kind der Lux beim Spielen das Gebein zufällig finden sollte, indem die Zutageförderung der Reliquie durch unschuldige Kinderhand das hohe Ereignis desto lieblicher einkleiden würde. In manchen Einzelheiten gingen die Meinungen des Abtes und des Paters auseinander, besonders hielt es der letztere für notwendig, einen echt menschlichen Knochen zu benutzen, da ein tierischer von aufgeklärten Nörglern möglicherweise als solcher erkannt und beanstandet werden könnte, wogegen der Abt, der über alle Maßen abergläubisch und furchtsam war, einwandte, daß man ein menschliches Gerippe nicht angreifen und verkleinern dürfe, da der Geist desselben einen sonst bei Nacht verfolgen würde, welcher Plage er sich durchaus nicht aussetzen wolle. Außer dieser gab es noch andre Schwierigkeiten: so mußte der zweifelsüchtigen Welt bewiesen werden, daß der wunderbar entdeckte Knochen vom heiligen Krauti herstamme, und es wollte sogleich überlegt sein, ob ein gleichfalls auszugrabender Siegelring mit Namen oder eine Urkunde oder eine Offenbarung besser zum Zwecke diente. Es mußten noch mehrere Zusammenkünfte in der von der Abendsonne rötlich vergoldeten Nische stattfinden, bis alle Punkte erledigt waren, was endlich in zufriedenstellender Weise so geschah, daß man sich auf den Knochen eines ausgewachsenen Schweines einigte, der durch gewisse Wunder und Zeichen als der des frommen Stifters sollte beglaubigt werden.

Demnach begab es sich eines Nachmittags, daß Frau Lux dem Abte einen Knochen überbrachte, den ihre Kinder zwischen dem Gemäuer, auf dem Hügel spielend, gefunden hatten und der das Ansehen eines menschlichen Kinnbackens zu haben schien. Der Abt hörte den Bericht gnädig an und begab sich, da es gerade Vesperzeit war, in die Kirche, deren Glocken, sowie er die Schwelle betrat, merklich zu läuten anfingen, was Wonnebald, nachdem eine natürliche Ursache des Geläuts nicht entdeckt wurde, dem soeben erhaltenen Kinnbacken zuschreiben mußte. Die herbeigerufenen Väter und Brüder waren geneigt, dieser Ansicht beizustimmen, und die lose und unklar in der Luft schwebende Vermutung bestätigte sich, als der Knochen, den der Abt, um die Hände zum Gebete frei zu haben, unter dem Standbilde des Krauti niedergelegt hatte, da er ihn wieder an sich nehmen wollte, sich als festgewachsen erwies und allen Bemühungen, ihn von der Stelle abzulösen, mit augenscheinlich magischen Kräften trotzte.

Weitere emsige Nachgrabungen förderten noch mehrere Knochen ans Licht, die dem Gutachten der würdigsten Männer zufolge einem einzigen Gerippe angehörten, so daß, da auch die im Kloster aufbewahrten Urkunden und Chroniken übereinstimmend auf Krauti hinwiesen, der Beweis in anatomischer, historischer und göttlicher Hinsicht geleistet worden war.

Die Freude in der ganzen Umgebung war nicht gering, als sich die Kunde von der Erhebung eines so ehrwürdigen Knochens verbreitete, der seine Kraft innerhalb des Klosters bereits durch verschiedene wundervolle Kuren betätigt hatte.

Der nächstfolgende Sonntag, der auch in Zukunft dem heiligen Krauti gewidmet sein sollte, wurde durch eine Prozession nach dem Hügel, der die seligen Reste des verehrten Mannes von sich gegeben hatte, eingeweiht, worauf das Volk gegen Opferung freiwilliger Pfennige zur Berührung derselben zugelassen wurde. Seitdem floß den Anfeindungen glaubensloser Spötter zum Trotz reicher Gabensegen durch den Knochen auf das

Kloster, und der Abt hatte Ursache, sich seiner Erfindung herzlich zu erfreuen, als der Sonnenschein allgemeiner Zufriedenheit und Dankbarkeit durch eine Wolke aus der Ferne verdunkelt wurde, indem eine schottische Kirche, deren unberühmter Name noch niemals über die Grenzen der Heimat hinaus erschollen war, Einspruch gegen die Verehrung der neuen Reliquie erhob, unter Vorgeben, daß sie selbst seit über tausend Jahren das vollzählige Gerippe des heiligen Krauti unangefochten und unanfechtbar besitze, der, von Geburt ein Ire, im Alter nach den britischen Inseln zurückgekehrt sei und dort durch Zerschmetterung des Schädels von Heiden, die er bekehren wollte, die Märtyrerkrone erworben habe, wovon die Spuren an dem betreffenden Knochen deutlich wahrzunehmen seien.

Jetzt kam die Angelegenheit vor den Erzbischof der Diözese, Herrn Giselbert von Casalba, der ihr bisher nur eine oberflächliche Teilnahme zugewendet hatte. Dieser war ein Mann von den vornehmsten Sitten und Lebensgewohnheiten, mit einem feinen Herzen und katzenschnellen Verstande begabt, der hüpfend und schlüpfend jeder Schwierigkeit begegnete, und, wie er mit zarten Fingern das Verschlungene und Unebene ins gleiche zu bringen wußte, liebte er es, wenn ihm verzweifelte Fälle zum Ordnen übertragen wurden. Er antwortete der schottischen Kirche in würdiger, ein wenig herablassender Fassung, daß die legendarischen Berichte über das Ende des heiligen Krauti voneinander abwichen und daß seines Wissens die Wahrheit von seiten der Kirche noch nicht endgültig festgestellt sei, daß er aber ihren Anspruch, das echte Gerippe zu besitzen, um so weniger anfechten wolle, als sich bereits aus einem seither aufgefundenen Dokumente ergeben habe, daß der fragliche Knochen, dessen Wundertätigkeit fortwährend im Gange sei, dem heiligen Zeterbogk zugehöre, der, ein Begleiter des Krauti, der zweite Abt des Klosters gewesen und in demselben verstorben sei und dessen Überreste schon seit Jahrhunderten an eben dieser Stelle gesucht seien, aber früher nicht hätten gefunden werden können.

Der Erzbischof urteilte, daß, da die mannigfaltige Wirksamkeit der Reliquie nun einmal mit Glück in Betrieb gesetzt sei, die Kirche mit dem Zuwachs an heilkräftigem Gebein zufrieden sein könne, ob dasselbe nun einen Bestandteil des heiligen Krauti oder des ebenso heiligen Zeterbogk gebildet hätte. Allerdings tadelte der Erzbischof den Abt, der die schwierige Sache zu leichthin und roh behandelt habe, insgeheim scharf, bildete sich aber bei näherem persönlichen Verkehr eine überwiegend günstige Meinung über ihn, was zum Teil eine Folge seiner vornehmen Gesinnung und Herzenswärme war, zum Teil aber daher rührte, daß er den Blick immer auf Bedeutendes und Merkwürdiges richtete und darum gerade in der Beurteilung des Einfachen und Einfältigen häufig irrte. Daß Wonnebald im allgemeinen dumm und kenntnislos war, entging ihm nicht, und auch seine dreiste, unbezähmbare Sinnlichkeit erkannte er, doch glaubte er in ihm jene geniale Zeugungskraft weittragender Einfälle, jenen Spürsinn, jene Sehergabe wahrzunehmen, vermöge welcher Kinder und Toren oft den Gebildeten beschämen, und war deshalb der Meinung, es könne großer Gewinn aus ihm gezogen werden, wenn man ihn unter Aufsicht hielte und ein denkender Geist sich gewissermaßen seiner unbewußten Fähigkeiten bediente. Da nun außerdem das Kloster durch den Knochen des Krauti oder Zeterbogk einen sichtbaren Aufschwung genommen hatte und der Abt, unter dessen Regiment die Entdeckung stattgefunden hatte, ein Zeichen der Anerkennung durchaus verdiente und da es, angesichts der Anfeindungen und Anklagen, die Wonnebald in dieser Gegend sich zugezogen hatte, ratsam schien, ihn von dort zu entfernen, wo sein übler Ruf schließlich auch auf den von ihm eingeführten Knochen hätte fallen können, hielt es Giselbert für das angemessenste, wenn er zum Bischof von Klus ernannt würde, einem einst bedeutenden, jetzt heruntergekommenen, unwichtigen Orte, nicht allzuweit von seiner eignen Residenz, so daß er sein Tun und Lassen einigermaßen bewachen könnte.

Pück war mit diesem Wechsel, der auf die Befürwortung des Erzbischofs wirklich eintrat, sehr zufrieden, sowohl wegen des guten Fortschritts auf seiner Laufbahn, wie weil der Aufenthalt im Kloster ihm allzu eintönig geworden war und er nicht zweifelte, Klus, das zwar klein und nicht betriebsam, aber ein behagliches Städtchen war, wo infolge seiner schönen Lage reiche Leute ihre Einkünfte verzehrten, werde eine Fülle von Anregungen für seine Gemütsart in sich bergen. Einzig der Gedanke war ihm unleidlich, daß er sich von Lux trennen sollte, bevor er seinen Liebesmut gekühlt hätte, und nicht zum wenigsten deshalb, weil ihm ihre Hilfe in Schreibereien und andern Dingen unentbehrlich geworden war. Er hatte die Überzeugung gewonnen, daß Frauen, vernünftiger und bescheidener als Männer, sich geleisteter Dienste wegen weit weniger als jene überhöben und sich oft schon dadurch als belohnt betrachteten, daß sie einem Manne und insbesondere einem Geistlichen überhaupt von Nutzen sein durften. Deswegen unterstützte er eifrig die Bitte des alten Bernkule, der eben um diese Zeit schrieb, man habe ihm seiner zunehmenden Gebrechlichkeit wegen einen Gehilfen gegeben, der unanstellig und zuwider sei und den er gern durch einen Verwandten ersetzen möchte; wenn Lux willens wäre, Männerkleidung anzulegen und sich je nach Alter und Aussehen, das ihm unbekannt sei, für seinen Sohn oder Enkel auszugeben, könne sie einerseits ihrem alten, vereinsamten Schwiegervater behilflich sein und zugleich, da sie zweifelsohne sein Nachfolger werden würde, sich und ihren Kindern eine schöne, gesicherte Zukunft begründen. Auch damit war Wonnebald vollkommen einverstanden, denn er meinte, wenn Lux als Mann aufträte, könne er sich desto häufiger in ihrer Nähe sehen lassen, ohne sich böswilligen Deutungen auszusetzen, und er versprach ihr, wenn sie nur mitkäme, das Seinige zu tun, damit der unschuldige Betrug zur Ausführung gebracht werden könnte. Der kleine Brun mißbilligte zwar die Handlung seiner Mutter nicht nur aus Rechtlichkeit, sondern aus einem trotzigen Männergefühl, das sich dagegen sträubte, die Mutter in einen älteren Bruder verwandelt zu sehen, aber ihre neckischen Späße und holdseligen Liebkosungen überwanden seinen Groll, und so ging die Übersiedlung glücklich vonstatten; im sanftesten Frühlingswetter stellte sich die neue Heimat mit fruchtbaren hügeligen Fluren auf der einen Seite eines weißen, stürmisch hinschießenden Flusses und dem gemach ansteigenden Gebirge auf der andern überaus zufriedenstellend dar. Der Bischof bewohnte eine wunderlich aufgetürmte Burg, an der Jahrhunderte gebaut haben mochten und die von einer Anhöhe über den Fluß, der an dieser Stelle einen tosenden Strudel bildete, auf das Tal und hinüber auf die Berge blickte.

In die Burg hineingebaut war eine Kirche, von außen unscheinbar, aber innen mit goldenen Altären, pompösen Grabmälern und engelumflatterten Kruzifixen sinnverwirrend ausgestattet. Wonnebald fühlte sich inmitten dieser Pracht und in seinem neuen Galagewande endlich ebenbürtig eingefaßt und umgeben und zelebrierte die erste hohe Messe so majestätisch und geläufig, daß die anwesenden Geistlichen und Laien betäubt und verlegen dasaßen und sich ihres minderen Wertes bewußt wurden. Auch Lux hatte sich in die Kirche hineinzudrängen gewußt und betrachtete gemächlich von oben die stumm wogende Menge und den köstlichen Zierat in Gold und Porphyr um sich her, bis sich im Hintergrunde eine Pforte auftat und der Bischof mit geschwindem Schritt und geblähtem Mantel das Kreuzschiff durchmaß, vor einigen Heiligtümern sich rauschend verneigte, um sodann hinter dem Gitter des Altarraumes zu verschwinden. Die schmalen grauen Augen der Lux lächelten vor Vergnügen, wie sie an die Briefe dachte, die sie für den Abt geschrieben hatte, an die Liebeswerbungen, mit denen er sie umschmeichelte, und ihn jetzt im Allerheiligsten so flink und gewaltig hantieren sah, und beim

Anblick des Volkes, das atemlos und geduckt dem heiligen Schauspiel zusah, wandelte sie eine solche Lustigkeit an, daß sie zuweilen das Gesicht mit den Händen bedecken mußte, um nichts davon merken zu lassen.

Besonders unwiderstehlich hatte das scharfe und erhabene Auftreten des Bischofs, sein finsteres Gesicht mit den unbeteiligten Augen, der frommen, regelmäßigen Nase und dem molligen Kinn auf mehrere Damen gewirkt, von denen Hermenegilde von Lampe, die Vorsteherin eines Stiftes für adelige Damen, die hervorragendste und feurigste war. Im allgemeinen von herber Sinnesart, war sie der Liebe doch in hohem Maße zugänglich und hätte sich leicht in einen leidenschaftlichen Lebenswandel verwickeln können, wenn nicht die Herrschsucht, die sich schon in ihrer stattlichen Erscheinung ausprägte, manche Liebhaber abgeschreckt und vor manchen andern ihr Hochmut sie beschützt hätte. Nichts hingegen sprach gegen den Bischof, dessen hochehrwürdiges Amt, Ansehen und männliche Schönheit wohl das Opfer des Herzens und der Ehre wert war, und es bereitete sich in ihrem Innern eine grenzenlose Hingebung gegen ihn vor, zugleich mit dem Trieb, sich seiner, es koste, was es wolle, ganz und ausschließlich zu bemächtigen.
Der Bischof hatte keinen Grund, sich der Leiden-

schaft, die er eingeflößt hatte, zu entziehen, und verschloß sich den Vorzügen der Hermenegilde, die zwar nicht jung und hold, aber desto saftiger und üppiger war, nicht; doch verdrängten die Freuden dieses Umgangs Frau Lux nicht aus seinem Herzen, nach deren Besitz er im Gegenteil sich um so mehr sehnte, je mehr ihm täglich fühlbar wurde, welche Wonnen die Liebe zu verleihen imstande ist.

Luxens Schwiegervater, Christoph Bernkule, bewohnte eins von den einstöckigen kleinen Häusern, die an den Fluß der Burg angebaut und einstmals für die Lehensleute des Burgherrn mochten errichtet worden sein und die ängstlich geduckten Schafen glichen, die vor Gewitter oder Sturm einen Unterschlupf suchen. Bei seinem ersten Anblick fühlte Lux, daß sie dem alten Manne nicht gram sein könnte, so gut gefielen ihr seine kleinen beschatteten, munteren und schlauen Augen, die oft nach innen versanken und sich dort auszuruhen schienen, dann plötzlich aufglommen und hierhin und dorthin sprühten, die letzte Zuflucht der Jugend, die aus dem ganzen verschrumpften Körper die Zeit vertrieben hatte. Aus seinem gelbfaltigen Gesicht sprang eine scharfe, spitzhöckerige Nase, die ihn auffallend und kenntlich machte, und er konnte bedrohlich böse aussehen, doch war es ihm selten ernst damit, und das Lachen lauerte in Mund- und Augenwinkeln, wenn er mit funkelnden Blicken und grimmigen Worten Kindern oder ungelegenen Leuten Furcht einflößte. Seine Schwiegertochter sagte ihm zu, am liebsten aber hielt er sich in Gesellschaft der kleinen Lisutt auf, deren törichtes Geplauder ihn anmutete, wie wenn ein Bächlein neben ihm herrieselte und mit kristallenen Zungen von den großen Geheimnissen der Natur schwatzte.

Eine beliebte Unterhaltung war es für Lisutt, bei den Marienbildern und Kruzifixen, die hier und da zwischen den Feldern errichtet waren, stehenzubleiben, eine winzige Verbeugung zu machen und sich zu bekreuzigen, indem sie mit den kleinen Händen eifrig über Gesicht und Brust wischte. Gab es ein Gebetbänkchen, so kniete sie darauf nieder und veranlaßte den Großvater durch einen gebieterischen Wink, die morschen Knie zu krümmen und sich neben sie zu kauern, worauf er denn mit vergnügtem Augenzwinkern das ernste Gesicht neben sich mit dem in leiser, flüsternder Bewegung das Beten nachahmenden Munde betrachtete: die Oberlippe wölbte sich wie ein rosenblätteriger Triumphbogen über seidener Schwelle und ließ den unschuldvollen Duft der gedankenlosen Worte hindurchwallen. Vollends wenn eine Kirche oder Kapelle am Wege lag, zog Lisutt ihren Begleiter unwiderstehlich hinein und schnurstracks zum Weihwasserbecken, um ihn und sich andächtig zu beplantschen. Häufig mußte der alte Bernkule von den jenseitigen Verhältnissen erzählen, was anfangs nicht leicht war; denn sie hatte eine bestimmte Vorstellung vom Himmel als einer Art geräumiger und vollzähliger Menagerie oder Arche Noah, wo es nicht nur Löwen und Giraffen, sondern auch Schnecken, Raupen, Grashüpfer und Eidechsen in Menge gab und wo die Seligen alle die guten Bären und Wölfe, die man hienieden nur von ferne durch ein Gitter betrachten durfte, nach Herzenslust streicheln könnten, und sie litt durchaus keine Schilderung, die von dieser Anschauungsweise abwich. Übrigens war dem Alten in seinem dämmernden Sinn oft nicht anders zumute, als befände er sich in der Obhut eines Engels, der ihn allgemach auf den Himmel vorbereitete und aus dessen sonnigem Fleisch, das so aromatisch und süßsaftig war wie eine Südfrucht, eine neue, reinere Lebensjugend auf ihn überströmte.

Mit der Maulwurfjagd nahm es indessen einen schlechten Anfang; das Geschäft stellte sich angenehm dar, solange Lux mit den Kindern umherging, den Boden untersuchte und Fallen aufrichtete, wobei namentlich Brun sich anstellig zeigte; eines Tages aber hatte sich ein Maulwurf gefangen und hing mit schlaffen Pfoten, den weichen Nakken von eiserner Kralle durchstochen, wehmütig baumelnd an dem grausamen Galgen. In Lisutts

Gesicht malte sich bei diesem Anblick zuerst Erstaunen, dann, wie sie allmählich begriff, was geschehen war, Schrecken und Jammer, worauf ihre taufeuchten Mundwinkel sich herabzogen, die kleine Nase zwischen den sich verbreiternden Wangen unterging und endlich ein durchbohrendes Weinen ihre völlige Verzweiflung ankündigte. Lux litt nicht viel weniger, denn das Mitgefühl, das sie selber mit dem listig erwürgten Gesellen hatte, wurde verdoppelt und gleichsam geweiht durch die unschuldigen Tränen ihres Kindes, die zu sehen ihr ohnehin unerträglich war. Sie versuchte Lisutt durch Schilderung eines netten, mit Blutnelken und Katzenpfötchen bepflanzten Grabes, in das man den Maulwurf legen würde, zu trösten, hatte diese sich aber eben dabei ein wenig erholt, so fielen ihre Augen wieder auf das hübsche Samtfell, und der Jammer brach von neuem hervor. Brun, obwohl nicht gefühllos, nahm sich dem ausgelassenen Schmerz seiner Mutter und Schwester gegenüber zusammen, sagte mit gerunzelten Brauen, das gehöre zum Geschäft, und schickte sich an, dem Toten das winzige Schwänzchen abzuschneiden, das, wie der Großvater ihm gesagt hatte, nach erfolgtem Fang der zuständigen Behörde überreicht werden mußte. Lisutt drang, um dies zu verhindern, mit geballten Fäusten furchtlos auf ihn ein, und Lux hatte Mühe, die Kämpfenden zu trennen und die Kleine nach

Hause zu bringen, die nunmehr den Großvater tüchtig ausschimpfte und ihm dieses und jenes androhte, wenn er fortfahren würde, die guten Maulwürfe umzubringen. Der alte Bernkule lachte, daß ihm die Augen naß wurden, nahm darauf seine Schwiegertochter beiseite und machte ihr heimlich die folgende Erklärung: sie brauche sich wegen der Maulwurfjagd keine Sorge zu machen, es sei nicht wichtig damit, seine Einkünfte gründeten sich vornehmlich auf eine andre Arbeit, die ohne Widerwärtigkeit im stillen Kämmerchen könne ausgeführt werden. Es sei nämlich Herkommen, daß der Magistrat dem Maulwurfsfänger außer dem für das Amt festgesetzten Gehalte einen jeden erjagten Maulwurf einzeln bezahle, über deren Zahl er sich nach altem Gebrauche durch Ablieferung der betreffenden Schwänze auszuweisen habe, die zu zwölfen an eine Schnur gebunden, in Form kleiner Kränze überreicht zu werden pflegten. Da nun das Gehalt zu gering sei, als daß ein einzelner, geschweige denn eine Familie davon leben könne, und anderseits der Maulwurf in dieser Gegend nicht so zahlreich wäre, daß das Fehlende durch große Ausbeute könnte ausgeglichen werden, habe er sich von jeher bestrebt, künstliche Maulwurfschwänze herzustellen, was ihm auch nach mannigfachen Versuchen und Erfindungen über Erwarten gelungen sei. Mehr und mehr habe er die Jagd hintangesetzt und anstatt dessen Schwänze angefertigt, da das letztere sich als bei weitem einträglicher erwiesen habe und auch dem Lande dienlicher sei; denn Gott habe den Maulwurf eigens mit unersättlicher Gefräßigkeit begabt, um für die Vertilgung schädlicher Insekten zu sorgen, und es empfehle sich deswegen, eine gewisse Anzahl am Leben zu lassen. Schwierig sei es, den richtigen Wechsel von echten und künstlichen Schwänzen zu treffen, und was die Menge der abzuliefernden betreffe, sich immer auf der Grenze zu halten, über die hinausgehend man das Mißtrauen des Magistrates zu erregen Gefahr laufe, unter der man aber nicht bleiben könne, ohne den Vorteil des Geschäfts zu vernachlässigen.

Lux war über diese Einrichtung verwundert, und es fiel ihr sogleich ein, daß dies die Ursache des Zwistes zwischen ihrem verstorbenen Manne und seinem Vater gewesen sein könne, was derselbe auf ihre Frage ohne weiteres bejahte. Freilich, freilich, erwiderte er kichernd und blinzelnd, darüber sei es hergekommen; Henne sei ein guter Junge gewesen, aber voll Eigensinn und Schrullen habe er gesteckt, und seine Ehrbarkeit sei wie ein Stück Eisen gewesen, womit man den Leuten die Köpfe habe zerschlagen können. Er habe es für Betrug erklärt, für Schwänze aus Filz, Watte und Kleister Geld einzunehmen wie für ehrlich abgefangene Maulwürfe, und habe nicht einsehen wollen, daß er sich gut und die Obrigkeit nicht übel bei der Sache befände; zwar habe er den Vater nicht verraten oder verklagen wollen, aber teilen habe er den Frevel nicht können, sei davongegangen und nicht zurückgekehrt. Lux sagte lächelnd, ja, so sei er gewesen, und dieselbe Sinnesart sei auf seinen Sohn Brun übergegangen, weswegen es ratsam sei, die empfindliche Angelegenheit vor ihm zu verheimlichen.

Einmal indessen, als der Alte und Lux bei Nacht, da der Mondschein ins Zimmer fiel, am Fenster saßen und schweigend der Arbeit oblagen, erwachte Brun, sah mit großen Augen eine Weile zu und brach in zornige Tränen aus, als er begriff, zu was für einem Zweck da geschnitten, genäht, geleimt und gewalzt wurde. Lux eilte sogleich zu ihm und redete ihm begütigend zu, allein er stieß sie von sich, verlangte herrisch, sie dürfe das nicht wieder tun, und schlief erst nach mehreren Stunden, von der Müdigkeit überwältigt, wieder ein. »Ganz wie sein Vater«, murmelte der alte Bernkule; »ein guter, ein ausgezeichneter Junge, aber ein Starrkopf und Grillenfänger, wie jener war.« Brun betrachtete seitdem seinen Großvater mit feindlichen Augen und konnte kaum durch seine Mutter, die ihm vorhielt, daß das Alter unter allen Umständen geschont und geachtet werden müsse, von offener Unehrerbietigkeit zurückgehalten werden. Lux bewachte er, so gut er konnte, indem er sich außer der Schulzeit fast immer in ihrer Nähe aufhielt und sie mit dem trotzig-feurigen Blick eines eifersüchtigen Liebhabers umstellte, was sie sich gutmütig gefallen ließ.

Inzwischen hatte der Bischof erfahren, daß es in der neuen Residenz zwar einen Überfluß an herrschaftlichen Genüssen für ihn gab, daß ihn dieselben aber ein teures Geld kosteten, so daß sich die alten Verlegenheiten in Bälde erneuern mußten. Die erste Stelle in der Gesellschaft nahmen neben dem Bischof der Justizrat Dr. Gregorius Schimmelmann und der Medizinalrat und Vorsteher des allgemeinen Krankenhauses Dr. Joseph Maria von Boll ein, die beide auch, das Alter betreffend, ihm nahestanden. Insofern wichen sie nicht wenig voneinander ab, als Schimmelmann scharfsinnig, kunstliebend und leichtblütig, Boll dagegen einseitig, beschränkt und schwerfällig war, doch hatten sie sich aneinander gewöhnt und hielten zusammen, ohne sich sonderlich zu achten. Dr. Gregorius war ein gewiegter Jurist, wußte die verwickeltsten Fragen zu klären und irrte sowohl in menschlicher wie in rechtlicher Hinsicht selten; aber da sein Ruf in diesen Dingen längst feststand und sein Ehrgeiz in bezug auf seine Laufbahn befriedigt war, nahm er sich seines Berufes kaum noch an und ließ die Sachen gehen, wie sie wollten. Überhaupt hatten die Menschen seiner Ansicht nach gleichviel Recht und Unrecht, und auch davon abgesehen, hielt er es für belanglos, ob ihr Los sich so oder so fügte. Weit wichtiger als die menschlichen Schicksale erschienen ihm gewisse Fragen der Altertumskunde, Münzwissenschaft und die würdige Ausstattung der Wohnräume, wie denn sein Haus von oben bis unten ein Wunderwerk des Kunstverstandes war und von den Reisenden staunend besichtigt wurde. Wonnebald wußte von der Kunst nichts, da er aber sah, wie ernst es Schimmelmann damit nahm und wie sehr er von den Leuten deswegen bewundert wurde, glaubte er, ihm darin nicht nachstehen zu dürfen, berief Maler und Bildhauer, kaufte Gemälde, Schnitzereien und Altertümer, und da er weder einen guten noch einen schlechten Geschmack und noch viel weniger ein sicheres Urteil hatte, wählte er von den Gegenständen, die ihm vorlagen, was am meisten kostete, wodurch sich diese Liebhaberei über alle Maßen kostspielig gestaltete.

Boll stand dem Bischof insofern näher, als ihn Verstand oder Kunstsinn oder andere Geistesgaben nicht auszeichneten, vielmehr war er, wenn auch nicht so einfältig und ungebildet wie jener, ungewöhnlich beschränkt; allein er wußte in allen kirchlichen Dingen gut Bescheid, so daß Wonnebald in seiner Gegenwart stets Erörterungen fürchtete, die ihn bloßstellen und entwurzeln könnten. Boll stammte von einer Familie ab, die von alters der Kirche angehangen hatte, und Joseph Maria hatte es nie anders gewußt, als daß er seine Laufbahn im Schatten und zum Schutze der Kirche zu nehmen habe. Seine medizinischen Kenntnisse und Fähigkeiten waren mittelmäßig, aber desto wackerer stand er seinen Mann, wenn es das Wohl der kirchlichen Partei galt, zu deren tätigsten und angesehensten Führern er gehörte. In dem Krankenhause, das er leitete, wurden zwar neben den Katholiken auch Heiden aller Art aufgenommen, damit die Partei sich religiöser Duldsamkeit rühmen könnte, aber dafür wurde die Heilkunde an den Ketzern mit solcher Erbitterung ausgeübt, daß sie einem höllischen Feuer gleichkam, aus dem sie entweder als Bekehrte oder als Abgeschiedene hervorgingen. Wurde dem Medizinalrat die große Sterblichkeit der Protestanten, Juden und Heiden in seinem Krankenhause vorgehalten, so leugnete er dieselbe nicht, sondern rühmte sich, wie Gott dem Rechtgläubigen die Arznei besser anschlagen lasse. Übrigens war Boll, wenn auch nicht gerade warmherzig, doch auch nicht bösartig und tat nur blindlings, was seine Vorfahren getan hatten und was ihm bisher zu lauter Nutzen und Vorteil gereicht hatte. Dr. Schimmelmann lachte bei sich über sein bigottes Treiben und hätte nichts mit ihm anzufangen gewußt, wenn Boll nicht eine ausnehmende Meisterschaft im Flötenspiel besessen hätte, die der musikliebende Justizrat trefflich zu verwerten wußte. So musikalisch gebildet und von feinem Geschmack wie dieser war Joseph Maria freilich nicht, aber Gefühl für Musik hatte er überflüssig und flötete so lieblich und traurig, daß Schimmelmann, wenn sie miteinander spielten, seinen Partner oft vor zu großer Zärtlichkeit warnen mußte. Außer der Musik verband diese beiden Männer noch die Wertschätzung guter Weine und leckerer Speisen, die sie auch wiederum mit dem Bischof vereinigte. Was für die wählerischen Gelage, in denen sie miteinander wetteiferten, verausgabt wurde, schlug Wonnebald gering an, unerschwinglich dagegen erschien ihm die Steuer, die Boll gesinnungsfroh von ihm erhob, bald zur Hebung des Krankenhauses, bald für Propaganda und Mission, bald für die Partei schlechthin.

In der allerbedenklichsten Weise zehrten an Wonnebalds Besitz seine Freundin Hermenegilde und sein Sekretär und Schützling Lando, der Neffe des Erzbischofs, den dieser unter dem Vorwande, er müsse wegen einer unpassenden Leidenschaft von Hause entfernt werden und die väterliche Obhut eines Geistlichen genießen, dem Bischof zur Seite gestellt hatte, um ihn zu beaufsichtigen. Hierzu war nämlich Lando, trotz seiner Jugend, denn er war etwa sechsundzwanzig Jahre alt, durch überlegenen Verstand und eine merkwürdige Kühle und Sicherheit des Urteils wohlgeeignet, auch konnte er sich geschickt verstellen, ja fand Vergnügen daran, eine beliebige Rolle zu spielen, so daß nicht zu befürchten war, der Bischof könnte der List auf die Spur kommen. Daneben hoffte der Erzbischof einen persönlichen Zweck zu erreichen: Lando mittels der Langeweile, der er in Klus ausgesetzt sein würde, einer vorteilhaften Heirat geneigt zu machen, durch die der träge und träumerische, wenig ehrgeizige Jüngling, der nicht sonderlich bemittelt war, in eine dem Familienbesitz entsprechende Stellung befördert werden sollte.

Lando, der wußte, was sein Oheim mit ihm vorhatte, unterhielt sich einstweilen in Klus aufs beste. Er gab sich dem Bischof gegenüber als ein der Liederlichkeit ergebener junger Mann aus, den seine Familie durch Religion bessern wollte, und stellte sich hocherfreut und bewundernd darüber, daß er in dem Bischof einen freien Geist gefunden habe, mit dem sich leben lasse. Wonnebald war zwar leicht anzuführen, aber doch pfiffig genug, um etwas Fremdes und Schädliches zu wittern, so daß er Lando, ohne zu wissen warum, nicht völlig traute; da er es aber in jedem Falle für das beste hielt, ihn durch üppiges Freudenleben zu betäuben, und er an die Möglichkeit nicht glaubte, daß das Fischlein dem Angelbissen der Frau Welt sich sollte entziehen können, tat er, soviel er konnte, um Landos ausschweifende Triebe zu weiden. Insofern hatte er ganz unrecht nicht, als Lando sich die Früchte, die seine Rolle abwarf, vortrefflich schmecken ließ, nur freilich setzten sie ihm nicht so zu, daß er dadurch unfähig geworden wäre, den Bischof mit klaren und vergnügten Augen zu beobachten. Ihn recht in Weibersachen zu verwickeln, wollte Wonnebald überhaupt nicht glücken, obwohl Hermenegilde als reife und stürmische Liebesgöttin ihn an mancher lauschigen Grotte und bekränzten Laube des Stiftsgartens vorübertrieb; weder die adligen Damen noch ihre Zofen schienen ihn fesseln zu können und waren auch ihrerseits durch das barsche Regiment der Vorsteherin zu eingeschüchtert, um ihren Gefühlen freie Entfaltung zu vergönnen.

Hermenegilde hatte nämlich die Eigenheit, die Stiftsdamen, wenn sie bei guter Laune war, zu unbedachten Schritten zu verlocken, was sie hernach benutzte, um sie aufs gröblichste zu verleumden und sie durch Androhung öffentlicher Anklage in Schrecken zu setzen, teils weil es ihr angenehm war, wenn sie vor ihr zitterten, teils damit sie nicht den Mut fänden, das Ärgernis, zu dem sie selber Anlaß gab, bekanntzumachen. An Wonnebald, der geistlicher Oberhirt und Beichtvater des Stiftes war, gelangten zwar nicht selten Klagen über das gesetz- und gewissenlose Regiment der Vorsteherin, doch blieben sie wirkungslos in seiner Brust verschlossen, von niemand geteilt als von Hermenegilde selbst, die sich bei nächster Gelegenheit an ihren Feindinnen rächte. Zuweilen ließ sich Hermenegilde durch ihre gewaltsame Natur allzuweit fortreißen: so ereignete es sich einmal, daß eine Stiftsdame, die in der Umgegend einen Besuch gemacht hatte, bei ihrer Rückkehr den Einlaß nicht erhielt, weil die Stunde, wo abends das Tor abgeschlossen wurde, vorüber war, angeblich damit der Unfug nächtlichen Schwärmens bestraft würde, und das Fräulein, eine ältere, ergraute Dame, bei Nacht umkehren und ein Obdach in der Stadt suchen mußte, nicht ohne infolge der Aufregung und Schande empfindlichen Schaden an der Gesundheit zu nehmen. Da sich die Tugend des Fräuleins nachweisen ließ, hätte die Sache ein übles Ende nehmen können, wenn nicht die Anverwandten desselben durch die Menge des Geldes zum Schweigen gebracht worden wären, die aus Wonebalds Beutel floß. Abgesehen von solchen und ähnlichen Ausgaben, zu denen sie ihn mittelbar veranlaßte, sammelte Hermenegilde auch für sich selbst, sowohl weil sie viel verbrauchte, wie um ihr Alter zu sichern, und schließlich aus angeborener Habgier. Da nun der Bischof einer Frau, die ihm nahestand, nicht gern etwas abschlug, insbesondere aber der Hermenegilde eine leere Tasche zu zeigen nicht den Mut gehabt hätte, mußte er sich fleißig nach guten Einnahmen umtun und kam zu der Überzeugung, daß er wieder einmal etwas Gründliches unternehmen oder erfinden müsse, um die gemeine Sorge ein für allemal loszuwerden.

Es war ein warmer Vorfrühlingstag, als der Bischof auf einem bequemen Spaziergang am Rande des schwellenden Flusses der Lux begegnete, die, Lisutt an der Hand, schlank und wohlgemut daherkam, im Begriff, einer alten gichtleidenden Frau Trost und Heilmittel zu bringen. Beim Anblick ihrer traulichen Miene ging dem Bischof das Herz auf, und er bat sie, sich ihm anzuschließen, was sie mit dem stolzen Kopfnicken und allwissenden Lächeln, das ihr eigen war, tat. Ungeachtet er sich vorgenommen hatte, ihrer Sprödigkeit wegen strenger und zurückhaltender gegen sie zu sein als vormals, verfiel er bald in ein seliges Schwatzen, erzählte von der Verlegenheit seiner leidigen Geldverhältnisse und fragte, ob sie nicht, wenn sie nach Maulwürfen grübe, Spuren von Schätzen fände, wie sie hier und da in der Erde vergraben sein sollten. Koste es auch seiner Seele Seligkeit, er sei bereit, sie um solchen Preis zu opfern, Gott werde weiter helfen.

Wenn dem so sei, sagte Lux, könne sie ihm wohl dienen. Freilich habe sie keine Schätze entdeckt, aber als Mädchen im Kloster habe sie viel in einem alten dicken Buche von den Wundern der Natur gelesen, worin die geheimen Kräfte der Pflanzen und Wurzeln beschrieben gewesen seien und wovon sie sich manches gemerkt habe; wenn er die ewige Seligkeit aufs Spiel setzen wolle, könne er sich durch ein Alräunchen so viel Geld er immer wolle verschaffen. Der Bischof sagte, um sich selber Mut zu machen, mit Lachen: »Es wird den Kopf nicht kosten, ich denke es wohl mit dem Teufel aufzunehmen, erzähle nur, was es mit dem Alraunen für eine Bewandtnis hat«; worauf Lux sagte, zunächst müsse derselbe unter schwierigen und höchst gefährlichen Förmlichkeiten gewonnen werden, was sie aber, um ihm zu helfen, auf sich nehmen wolle, sodann müsse der Eigentümer das Männlein sorgfältig und ehrfürchtig behandeln, es nett ankleiden, nachts das Bett mit ihm teilen und schließlich es durch Kniebeugung und allerhand Anrufungen verehren und eigentlich anbeten.

Das wäre freilich, meinte Wonnebald, mehr, als einer Wurzel zukäme, indessen wenn sie wirklich wunderwirkend und gewissermaßen goldzeugerisch wäre, könne man füglich ein Auge zudrücken und ein wenig vor ihr scharwenzeln, einstweilen solle die Lux so gut sein und ihm das

Ding herbeischaffen. Sie sah ihn von der Seite an und lachte ein weiches, kosendes Lachen, das er warm in den Eingeweiden spürte, so daß er die Arme nach ihr ausstreckte und sie an sich ziehen zu können vermeinte, die ihm aber entschlüpfte und, Lisutt fest an der Hand fassend, geschwind den grünen Hang, an dem sie entlang gingen, hinunterlief. Wonnebald blickte ihr ein wenig geärgert nach, doch überwog die Zärtlichkeit, die ihr milder Blick ihm eingeflößt hatte, und er bedachte, während ihm das Wasser im Munde zusammenlief, wie honigmild und mondklar ihr Wesen um ihn weben würde, wenn sie ihm erst einmal zugetan wäre. Dazu, sagte er sich, wäre ihre Klugheit so ungemein, daß sie alle seine Angelegenheiten betreiben und es selbst mit dem Erzbischof würde aufnehmen können, selber aber dessen unbewußt bleiben und vielleicht nach Frauenart und Frauenpflicht ihm das Verdienst von allem zuschreiben, was sie geleistet hätte.

Lux begab sich bald daran, eine Zaunrübe ausfindig zu machen, deren Wurzeln so verdreht und wunderlich gebildet sind, daß sie allenfalls menschenähnliche Figürchen vorstellen können, und nachdem sie eines Morgens mehrere, die ihr passend schienen, gefunden hatte, warf sie sich ermüdet ins Gras und ließ Lisutt um und über sich herumklettern. Enzian und Gänseblümchen blühten, und schon drängte sich prangender Löwenzahn in Menge hervor, wovon Lux, soviel sie von ihrem Platz aus erlangen konnte, pflückte, um einen Kranz daraus zu flechten, den sie Lisutt auf das braune Köpfchen setzte. Er war wild und locker gewunden und strahlte feurig in ungleichen Büscheln um das lachende Kindergesicht, dessen zarte Rosenfarbe die Frühlingssonne bereits gebräunt hatte. Während Lisutt ihrerseits Gras und Kräuter ausraufte und in ihrer Mutter Haar zu stecken versuchte, dann das butterweiche Gesicht in deren Hals grub und frohlockend sagte: »Du riechst gut!«, kam Lando, der ein Freund der Natur war, zufällig des Weges, sah das Kindergesicht, das lachte und leuchtete, und die Gestalt, die das Gras verdeckte, die sich aber bei seinem annähernden Schritt aufrichtete, so daß er ihre anmutigen Züge und die männliche Kleidung, die sie trug, erkennen konnte. Gleichzeitig fielen ihm die krummen Wurzeln auf, die neben ihr auf einem ausgebreiteten roten Tuche lagen, und er benutzte dies, um sie anzusprechen mit der Frage, was das sei und was sie damit zu machen vorhabe. Lux, die den jungen Mann zuweilen in der Nähe des Schlosses gesehen hatte und wußte, wer er war, sagte lächelnd: »Das ist eine Kost für Ihren Herrn, den Bischof«, worauf er neugierig weiterfragte und sich zu ihr ins Gras setzte. Es sei ein Geheimnis, entgegnete Lux, und sie wisse nicht, ob er so in Gunst und Vertraulichkeit des Bischofs stehe, daß er es teilen dürfe, hatte aber im Grunde schon beschlossen, ihm alles zu erzählen, weil sein Aussehen und seine Art sie gewiß machten, daß er von Herzen darüber lachen, vielleicht sogar ihr helfen würde, die Schelmerei vollkommen zu machen. Seinerseits hatte Lando sogleich erraten, daß es weniger galt, dem Bischof einen Dienst zu leisten, als ihm einen Possen zu spielen, und nachdem sie sich so, ohne sich zu bereden, durch das bloße Gefühl ihres Wesens, das sich ihnen gegenseitig mitteilte, miteinander ins Einvernehmen gesetzt hatten, erzählte Lux, was für Hoffnungen der Bischof in sie gesetzt habe und wie sie ihm das Alräunchen nach bestem Vermögen zubereiten wolle, und schlug ihm vor, den Schabernack dadurch zu verlängern, daß er die Geldsumme, die der Bischof nach ihrer Anweisung jeweilen unter die Wurzel legen würde, verdoppele und ihn so im Glauben an die Trefflichkeit des Zauberdinges erhalte. Lando, von diesem Einfall entzückt, verabredete mit Lux alle Einzelheiten, wie sie es halten wollten, und scherzte zwischendurch in kindlicher Weise mit Lisutt, die ihn ohne Zögern als guten Spielkameraden behandelte. Sein hübsches Gesicht, das eine rotbraune, samtweiche Haut zierte, strahlte dabei von Freundlichkeit, wodurch aber der Ausdruck gelangweilter Melancholie nicht ganz ausgelöscht wurde, der ihm natürlich war und dessen Ursache zum Teil eine vorgeschobene und ein wenig hängende Unterlippe sein mochte. Dieser an sich unschöne Zug reizte das Auge, ihn immer von neuem zu betrachten, und nachdem er sich verabschiedet hatte, erwog Lux noch eine gute Weile lang, ob sein Gesicht ihr besser lachend oder in hochmütiger Traurigkeit gefallen habe.

Während Lando seinen Weg fortsetzte, fiel ihm ein, daß der junge Landmann kecker als erlaubt mit einem feinen Herrn, wie er war, umgegangen sei und auch gegen den Bischof, so unwürdig derselbe sein möge, sich allzuviel herausnähme, und es ärgerte ihn ein wenig, daß er sich durch seine Lust an Schelmenstreichen und sein Vergnügen an munteren Kindern hatte verführen lassen, so vertraulich mit ihm zu verkehren, als ob er seinesgleichen wäre. Er wurde mit sich einig, daß er den Bischof von der Treulosigkeit seines Günstlings in Kenntnis setzen und vor der Torheit, die zu begehen er im Begriffe stand, bewahren wollte; als er aber um die Abendzeit Wonnebald gewahr wurde, wie er sich in augenscheinlicher Erregung in sein Schlafzimmer zurückzog, überkam ihn der Kitzel, zu wissen, was der alberne Mann vornehmen würde, und er sagte sich, es sei nicht seine Sache, einem übermütigen Schlaukopf zu schaden, um einem aufgeblasenen Narren zu dienen. Also richtete er es so ein, daß der Bischof nach kurzer Zeit durch eine Nachricht von dringender Wichtigkeit abgerufen wurde, und schlich sich unterdessen in sein Gemach, wo er denn auch in einer Ecke, auf eine Konsole gesetzt, den Wurzelgötzen entdeckte, mit einem Mäntelchen aus Brokat verkleidet, das der Bischof ihm soeben verfertigt haben mochte, und in welchem er das Aussehen eines zwerghaften Kobolds hatte. Unter die Konsole hatte der Bischof einen Betschemel gerückt, um dem kleinen Zauberer die Anbetung zu widmen, die Lux angeordnet hatte, welche Vorrichtungen alle Lando in der Meinung bestärkten, daß es schade wäre, eine solche Narrheit zu stören. Als Wonnebald früher als gewöhnlich schlafen gegangen war, folgte ihm Lando bis an die Tür, in der Hoffnung, ihn belauschen zu können, nahm aber durch das Schlüsselloch nichts wahr und hörte auch anfangs nichts als ein undeutliches Raunen und Murmeln; erst als das Licht bereits gelöscht war, wurde die Stimme des Bischofs lauter, so daß Lando folgende Worte unterscheiden konnte:

Alräunchen, Wurzelgöttle,
Mach mir fleißig Gold ins Bettle!

ein Spruch, den Lux ihm nicht ohne Mühe beigebracht hatte. Wonnebald hatte sich auf allen Seiten eingeschlossen, nur eine Tapetentür offengelassen, die in sein Badezimmer führte, in das Lando durch ein Fenster gelangen konnte. Kaum hörte

er den Bischof schnarchen, als er auf leisen Füßen in das Schlafgemach eintrat, und da er beim gelben Schein eines Nachtlämpchens die nunmehr nackte Wurzel auf dem bischöflichen Kissen und drei Goldstücke daneben liegen sah, fügte er flink drei andere hinzu und entfernte sich lautlos und geschwinde. Lux hatte nämlich die Vorsicht gebraucht, dem Bischof einzuschärfen, daß er die Summe, die der Alraun verdoppeln solle, besonders im Anfang nicht zu hoch anlege, ebensowohl um ihn nicht durch Unbescheidenheit zu verletzen, wie um das dürre und zarte Wesen nicht mit einem Male zu heftig, lieber häufiger und gelinder arbeiten zu lassen. Mehrere Male gelang es Lando, der Wurzel das Häufchen Gold, das von ihr zu erwarten war, unbemerkt unterzuschieben, und er belustigte sich tagsüber, den Bischof mit Fragen zu bedrängen, warum er auf einmal ein eingezogenes Leben führe, anstatt wie sonst die Nächte durchzuschlemmen und zu prassen.
Nach kurzer Zeit jedoch verdarb Lando den weiteren Verlauf durch seine Neugierde; denn um zu sehen, was für eine Andacht der Bischof allabendlich vor dem Alraun ausübte, öffnete er die Tür seines Schlafzimmers, als Wonnebald eben eifrig knicksend vor der Zaunrübe umhersprang, wurde trotz aller Vorsicht von diesem gehört und mußte wohl oder übel vollends eintreten und sein unberufenes Eindringen durch einen rasch erson-

nenen Vorwand erklären. Diesem war der Bischof allerdings geneigt Glauben zu schenken, aber da Lux ihm gesagt hatte, daß das Alräunchen augenblicks seiner Fruchtbarkeit verlustig gehen würde, wenn ein Dritter es sähe oder etwa gar ihn bei seinen andächtigen Verrichtungen überraschte, war er überzeugt, daß es mit dem unschätzbaren Brutgeschäft nunmehr zu Ende wäre, und fand sich durch das Erlebnis des nächsten Morgens darin bestärkt; er hatte sich nämlich aus Angst vor neuen Störungen so gründlich eingeschlossen und verschanzt, daß Lando nicht eintreten konnte, um den üblichen Zauber vorzunehmen.

Um die Abendzeit machte sich Lando auf, um Lux, wenn es sich so fügte, daß er ihr begegnete, von dem, was vorgefallen war, in Kenntnis zu setzen. Noch war die Hitze des Tages nicht verdämmert, und er suchte unwillkürlich schattige Wege auf, so daß er an den unteren Lauf des Flusses geriet, wo er mit verminderter Wucht in breiterem und flacherem Bette hinströmte. Hellgrüne Weiden und buschige Erlen bekränzten seine beiden Ufer und ließen einen schmalen Pfad frei, der hier, ein gutes Stück unterhalb der Ortschaft, wenig begangen wurde; auch fragte sich Lando, nachdem er eine Weile, ohne einer Seele zu begegnen, vorwärts gegangen war, wie er dazu käme, Lux in dieser abgelegenen Gegend zu suchen, und war im Begriff umzukehren, als er ein Plätschern und verstohlenes Lachen hörte, das ihn bewog, noch ein wenig weiterzugehen. Gleich darauf hielt er an und zog sich hinter die nächsten Bäume zurück, da er bemerkte, daß das Geräusch von Badenden herrührte, erkannte aber fast gleichzeitig in der Frau, die halben Leibes aus dem Wasser tauchte, Lux und blieb unbeweglich an seinem Platze stehen. Lisutt saß auf einem Stein und schlug mit den zierlich kräftigen Beinen auf das Wasser, wodurch ein magerer brauner Junge, Brun, den Lando nicht kannte, über und über bespritzt wurde, der nun seinerseits die Kleine mit Wasser übergoß; sie streckte abwehrend die runden Arme aus, kniff die lustigen Augen zusammen und schüttelte sich, daß die braunen Haare wild um ihre nassen Schultern tanzten in der Ausgelassenheit des elementarischen Spieles. Lando betrachtete die Kinder nur flüchtig, so sehr fesselte ihn das Bild der Frau, deren fest und edel gebildete Beine durch das Wasser bald wie Silber, bald wie Alabaster schimmerten, während Nacken, Arme und Brust, der schlanke Leib und der elastische Rücken, wenn sie sich beugte oder aufrichtete, die Biegsamkeit und farbige Wärme lebendigen Fleisches zeigten. Ihr ins Gesicht wagte er nicht zu sehen, obwohl er wußte, daß sie ihn nicht sehen konnte, und obwohl er die lebhafteste Sehnsucht hatte, ihren milden und mutwilligen Blick zu fühlen. Daß sie sich als Frau offenbart hatte, erregte ihm kein besonderes Erstaunen, vielmehr war ihm so zumute, als hätte er es von jeher gewußt oder wenigstens so sicher wie die Verwandlung eines Schmetterlings erwartet. Vorsichtig, die Augen auf den Fluß gerichtet, ging er rückwärts, dann, als er sicher war, daß er von dort aus nicht mehr gehört oder wahrgenommen werden konnte, fing er an zu laufen und hielt erst ein, als er bei einer breitköpfigen Ulme angekommen war, die eine leichte Bodenerhebung krönte und unter der er sich niederlegte. Tränen liefen ihm über die Wangen, ohne daß er es bemerkte, so erschüttert war seine Brust von Rührung und inniger Liebe; noch schwankte der nackte Leib vor seinen Augen, und zugleich war es ihm, als müsse er, vor ihre Füße geworfen, sie um Vergebung anflehen, daß er, wenn auch ohne seine Schuld, ihre Verborgenheit belauscht hatte. Obgleich er kein Neuling in Liebesangelegenheiten war, glaubte er doch zum ersten Mal zu lieben und fühlte sich beglückt in der Sicherheit, bis zum Tode und ewig darüber hinaus dieser einzigen Frau anzugehören. Der Mond stieg allgemach, überfließend von gelbem Lichte, hinter dem Gehölz empor, und Lando lag noch immer in das schaudernde Gras gedrückt, sah den stillen Flug des vollen Gestirnes und fühlte sich eins mit der Erde, die rein entzückt die Beseligung der Nacht empfing. Gegen Mitternacht ging er nach Hause, schlief fest bis in den hohen Tag und kleidete sich langsam an, im schwelgerischen Vorgenuß der ersehnten Begegnung ebenso bestrebt, sie hinauszuschieben, wie ungeduldig, sie herbeizuführen.

Der Bischof hatte unterdessen Lux aufgesucht und ihr den Unfall, der dem Alräunchen zugestoßen war, erzählt, worauf sie, zufrieden, daß der Spaß so weit geglückt war, es für unmöglich erklärte, unter den Augen eines Spähers und vielleicht Mitwissers zum zweiten Mal eine solche Zauberei anzuzetteln. Wonnebald, dem nichts erwünschter war, als von einer unscheinbaren Wurzel, deren Eingeweide die nutzbringende Natur so artig eingerichtet hatte, allnächtlich ein Häufchen Gold auf das Kopfkissen gespuckt zu bekommen, neigte zu dem Wunsche, Lando, den er für das einzige Hindernis der Goldabsonderung ansah, auf die eine oder andere Weise zu entfernen, und sagte zu Lux, wenn sie aus ihren Büchern eines Mittels kundig wäre, um unliebsame Störenfriede, sei es mit Beeinträchtigung von Gesundheit oder Leben, sei es ohne Schädigung derselben, aus dem Wege zu räumen, so wolle er die Folgen auf sich nehmen und mit Dank und Lob ihrer Geschicklichkeit nicht zurückhalten. Sie erschrak im Herzen über diese Zumutung, ließ aber nichts davon merken, sondern antwortete, indem sie nachdenklich den Kopf wiegte, eine solche Sache müsse langsam reif werden, sie wolle alles wohl bedenken, er möge inzwischen nichts unternehmen, ohne ihren Rat einzuholen. Nachdem er sich entfernt hatte, nahm sie ihren Lieblingsplatz am Fenster ein; ihr Blick schwebte zwischen dem weißen Wasser, das nicht müde wurde sich selber zu verschlingen und in furchtbaren Todesstürzen sich von sich selber befreien zu wollen schien, und dem bleichen Himmel, der heute matt herabhing und die Luft zusammenzudrücken schien. An dem gegenüberliegenden breiten Berge zog sich deutlich erkennbar ein schmaler, blasser Pfad hinauf, über dem das farblose Gewölk so unbeweglich lag, als wenn er auf immer verschüttet wäre, und ein beklemmendes Gefühl, eingeengt und gefangen zu sein, bemächtigte sich ihres Herzens. Wie sie so dasaß, kam Lando unter ihrem Fenster vorbei, blieb stehen, als er ihrer ansichtig wurde, grüßte und suchte errötend nach einer Anrede, ohne ein Wort finden zu können, das ihm passend schien. Sie wartete ein wenig und erzählte ihm dann flüsternd, halb scherzhaft, halb ängstlich, daß der Bischof ihm nach dem Leben trachte und sie gedungen habe, ihn umzubringen. »Das könntest du doch nicht«, sagte er leise und sah sie ernsthaft und zärtlich an, indem er dicht an die Mauer herantrat, die Arme in die Fensterbank und den Kopf auf die gefalteten Hände legte. Sie antwortete treuherzig: »Nein, das könnte ich nicht«, und beugte sich, von seinem flehenden Blick angezogen, zu ihm nieder, worauf er sie mit beiden Armen umschlang und ihren Mund, der dem seinen entgegenkam, küßte. Sie blieben eine Weile so, ließen sich los, lachten und umarmten sich von neuem; daß er ihr Geschlecht erraten hatte, erschien ihr selbstverständlich und keiner Frage wert. Erst als Lando, durch Schritte, die näher kamen, erschreckt, sich mit kurzem Gruß entfernte, besann sie sich, seufzte mehrmals und brach endlich in Tränen aus, die lange nicht trocknen wollten, dann aber einer starken, hochschwebenden Freudenstimmung wichen.

An den nächstfolgenden Tagen trafen sie sich einmal oder mehrmals, und es schien ihnen bald so, als wären sie seit Wochen, ja seit Monaten und Jahren durch gegenseitige Liebe verbunden, nur daß Lando nicht verriet, daß er sie an jenem Abend im Fluß hatte baden sehen, und es als Geheimnis bewahrte, mit dessen Offenbarung ihr Glück die letzte, überschwengliche Weihe erhalten würde. Oft, wenn er bei ihr war, vergaß er es, oder es kam ihm plötzlich unwichtig vor, oder, wenn er in ihre unschuldig wissenden Augen blickte, schien es ihm töricht oder anmaßend oder zwecklos, davon zu sprechen; endlich, an einem heißen, wolkenlosen Sommertage, entfuhr ihm zufällig ein andeutendes Wort, das er gleich darauf zurücknahm, und da sie arglos in ihn drang, das Rätsel zu lösen, beschwor er sie, beim Einbruch der Nacht unterhalb des Dorfes an den Fluß zu kommen, wo er ihr einzig gestehen könne, was er nicht laut unter der Sonne zu sagen wage. Lux errötete und stutzte, aber nein hätte sie nicht sagen können.

Abends, nachdem sie die Kinder zu Bette gebracht hatte, setzte sie sich ins Fenster, um zu warten, bis sie eingeschlafen wären; aber Brun, der eine außergewöhnliche Erregung an seiner Mutter bemerkt hatte, kämpfte mit Anstrengung gegen die Müdigkeit, und erst als es eine Stunde vor Mitternacht war, überwältigte das tapfere Kind der Schlaf. Lux hörte es an seinen ruhigeren Atemzügen und schwang sich mit ganzem Leibe an die Fensterbank, um ins Freie zu springen, zögerte aber wieder und kehrte noch einmal ins Zimmer zurück, um sich zu vergewissern, daß die Kinder fest und ruhig schliefen. Sie war so erregt und aufgewühlt, daß das unzählige Male gesehene Bild der schlafenden Kinder sie wie etwas Fremdes rührte; Brun sah traurig aus, Lisutt hingegen lag da, als wären scharenweise Engel um sie versammelt und hielten einen himmlischen Baldachin über ihr, dessen Licht von ihren Wangen widerschiene. Ihre Lippen waren so weit geöffnet wie eine wilde Rose vor Tag, ein winziger Blutring in einfachster und süßester Linie um das überirdische Geheimnis gebogen, das in kaum hörbar aus- und einwehendem Atem sein Dasein verriet. Lux stand mit überfließenden Augen an dem Bett und konnte nicht gehen noch bleiben; aber ein unvermeidliches Schicksal, das sich mit ihrem Herzen verkettet hatte, schien sie dahin zu rufen, wo der Geliebte sie erwartete, und sie schwang sich noch einmal in das Fenster und ließ sich sacht an der niedrigen, leise bröckelnden Mauer herab.

Draußen duftete die Nacht, und die unbestrahlte Erde enthüllte ruhevoll ihren Leib in der einsamen Dämmerung. Lux atmete tief auf und reckte die Arme in die Luft; ihre Brust weitete sich, und sie mußte gewaltam den Schrei des Entzückens auf den Lippen festhalten, während sie mit fliegenden Füßen die weichen Pfade zu den Gebüschen am Fluß hinuntereilte.

Sie trafen sich nun mehrere Nächte so, wohingegen sie sich am Tage nicht zusammen wollten sehen lassen, um keinen Anlaß zu Verdacht und Geschwätz zu geben; denn Lando war zwar ungeduldig, Lux als seine Frau heimzuführen, wollte aber mit der Veröffentlichung des Verhältnisses warten, bis seine Mutter, die krank und nach Aussage der Ärzte in Lebensgefahr war, entweder genesen oder dann durch den Tod aller Kränkung entrückt wäre. Trotz der beabsichtigten Vorsicht indessen begegneten sich die Liebenden auch nicht selten bei Tage, so daß es dem Bischof nicht entgehen konnte, der nicht aufhörte, Lux zu beobachten und nachzustellen. Sie gab unverlegen die Erklärung, daß sie vertraut mit Lando werden müsse, um ihm etwas Zweckmäßiges beibringen zu können, damit Wonnebald sich zufriedengab, da er ohnehin den Kopf der allerärgsten Sorgen voll hatte.

Nachdem nämlich die Fruchtbarkeit des Alrauns infolge des Gegenzaubers von Landos Neugierde abgestorben war, nahm der Bischof seine früheren Lebensgewohnheiten wieder auf, insbesondere die Zusammenkünfte mit Hermenegilde, die bereits ein eifersüchtiges Mißtrauen wegen seiner Zurückgezogenheit und Geheimtuerei gefaßt hatte. Das lenzliche Prangen der Natur schien auch die Liebe saftiger und würziger zu machen, so daß Wonnebald sich schon über die unterbrochene Goldmacherei getröstet fühlte; aber der widerliche Nachgeschmack, der sich so oft aus den Wollüsten des Lebens entwickelt, blieb nicht aus, indem Hermenegilde plötzlich Muttergefühle an sich wahrnahm und das Paar sich mit dem Gedanken an Kindersegen vertraut machen mußte. Nach Überwindung des ersten Schreckens empfand Hermenegilde hierüber mehr Freude als Kummer, die täglich zunahm, Wonnebald hingegen schlug das Glück, Vater zu werden, gering an und hätte den unwillkommenen Sprößling gern schon im Mutterleibe umgebracht, in der

Meinung, daß es je später, desto schwieriger und gefährlicher sein würde. Anfänglich trug er sich mit dem Gedanken, auch in dieser Sache Lux um einen wirksamen Zauber anzugehen, mußte aber bald bemerken, daß Hermenegilde über seine lieblose Gesinnung in große Erbitterung und Aufregung geriet, die er nur durch völlige Unterwürfigkeit und heuchlerische Zärtlichkeitsvorspiegelungen beschwichtigen konnte. Hermenegilde zweifelte nicht, daß die unterjochten Stiftsdamen, wenn sie das Geheimnis entdeckten, sich ducken und schweigen würden, ja im Grunde konnte sie sich nichts andres vorstellen, als daß das Hervorbrechen ihrer Nachkommenschaft von der erstaunten Welt mit Pauken und Posaunen werde gefeiert werden, und sie ließ es nicht an beißenden Bemerkungen über die Menschenfurcht des Bischofs fehlen.
Vorzüglich verließ sie sich in dieser Angelegenheit auf eine alte Magd, die ihr in allen Dingen blindlings zu Diensten und von Anfang an Mitwisserin des hochwürdigen Liebesverhältnisses gewesen war, das sie freilich mißbilligte. Die Alte, die ohne Zaudern jedes schuldlose Stiftsfräulein ins Wesenlose befördert hätte, das ihrer Herrin unbequem gewesen wäre, betrübte und entrüstete sich darüber, daß die gewaltige Dame, in Hingebung zerschmolzen, ihren Ruf einem Manne aufopferte, und erlaubte sich oft, ihr die verliebte

Schwäche vorzurücken. Vor allen Dingen grollte sie dem Bischof, der durch sein Dasein alles verschuldet hatte, und ließ sich auch durch die reichen Geschenke, die er ihr zusteckte, damit sie ihm ein weniger grämliches Gesicht mache, keineswegs besänftigen, vielmehr verachtete sie ihn wegen dieser furchtsamen Bestechungen um so gründlicher.

Dem Bischofe brach kalter Schweiß aus, wenn er daran dachte, was für ein Ende das nehmen sollte, und in einem solchen Zustande von Beängstigung kam ihm eines Tages der Einfall, es mit Gebet und Gelübde zu versuchen, da doch möglicherweise Gott oder wenigstens die Heiligen zu einer wunderbaren Hilfeleistung imstande und geneigt wären. Von der Aussicht schon ein wenig erheitert, kleidete er sich veilchenblau an und begab sich geradenwegs in die Burgkirche hinein, wo im Gegensatze zu der Mittagshitze, die draußen siedete, liebliche Kühle und Dunkel herrschten. Ein kitzelndes Wallen und Knistern um sich verbreitend, schritt er durch die Säulen und verschwand in der letzten Seitenkapelle, die der sogenannten Millionenmutter oder Millionenmaria gewidmet war. Es befand sich dort nämlich in einem verschlossenen Glasschreine eine schön geputzte Puppe, die die Gottesmutter ohne Kind darstellte und vorzüglich als Krankenheilerin verehrt wurde, da sie vor Jahrhunderten einmal der Pest, die Klus fast sämtlicher Einwohner beraubt hatte, endlich von den übriggebliebenen in Prozession durch die Gassen getragen, Einhalt geboten haben sollte. Diese Figur trug eine Krone, deren Gestell aus Messing war, die aber mit verschiedenen Edelsteinen von außerordentlicher Größe und Kostbarkeit besetzt war, weswegen ihr der Volksmund den erwähnten Namen angehängt hatte und welcher Reichtum die Ursache sein mochte, daß sich mit Vorliebe die in Geldnot befindlichen Gläubigen an sie wandten. Als der Blick des knieenden Bischofs auf die milde funkelnden Steine fiel, kam ihm der Gedanke, daß dieser brachliegende Schatz für ihn alle Zeit aus seinen Verlegenheiten retten könnte, und wuchs mit solcher Schnelligkeit und Gewalt zum unwiderstehlichen Wunsche, daß er ihm einer Eingebung gleichzukommen schien. Tief in Gebetsstellung zusammengekrümmt, überlegte er sich, daß außer ein paar alten blöden Leuten zu dieser Zeit niemand in der Kirche wäre, daß, abgesehen davon, niemand sehen könne, was abseits in der düsteren Kapelle vorginge, und also, da er auch die Schlüssel bei sich hatte, nichts ihm im Wege stände, um sich augenblicklich des Kleinodes zu bemächtigen. Nachdem er vorsichtig in die Kirche hineingelauscht und sich überzeugt hatte, daß sie leer und totenstill war, öffnete er leise die gläserne Tür und löste der Puppe die Krone vom

Kopfe, was freilich nicht ohne heftiges Rütteln und Zerren vonstatten ging. Auch war das Aussehen des beraubten Kopfes, als er haarlos war, einigermaßen nackt und kümmerlich; aber da das der Heiligkeit und Wunderkraft kaum Abbruch tun würde, hielt es der Bischof für unnütz, sich das Gewissen darüber zu beschweren. Er schob die Krone in den Busen, rauschte stramm durch die Kirche und eilte in sein Schlafgemach, um sich in Ruhe an der Erwerbung zu ergötzen.

Es waren zwölf Edelsteine in die Krone gefaßt, hauptsächlich Smaragde und Rubine, von denen er die größten zu verkaufen oder zu versetzen, die kleineren der Hermenegilde zu schenken beschloß. Selbst das Geschäft auszuführen, schien ihm bedenklich, doch zweifelte er nicht, daß Lux sich würde bereitfinden lassen, in die nächste Stadt zu reisen und die ausgewählten Steine einem Juwelenhändler zum Kaufe anzubieten; sie stammten, gab er ihr an, von einer Urahne, die sie in einem Ringe getragen habe, und die Sache müsse geheim bleiben, weil es dem Rufe eines Kirchenhauptes schaden könne, wenn man erführe, daß er sich eines so heiligen Erbstücks habe entäußern wollen oder müssen. Lux war zu sehr in den Traum ihrer Liebe eingeschlossen, um darüber nachzudenken, ob es sich so oder anders verhielte, führte den Auftrag aus und händigte dem freudestrahlenden Bischof die Summe ein, die sie daraus erlöst hatte.

Der alte Bernkule war, seit Lux da war, ihm alle Arbeit abgenommen und ihn gepflegt hatte, ganz in sich zusammengesunken und fing behaglich an zu sterben; in den letzten Tagen indessen, als der Bischof eben seinen großen Streich vollführt hatte, befand er sich so wohl und kräftig, daß er mit Lux und den Kindern einen großen Spaziergang unternahm, der sie weiter als sonst in die umliegenden Täler hineinführte. Auf einer Anhöhe machten sie halt, und nachdem sie einen Imbiß zu sich genommen hatten, erklärte der Alte die Namen der Gipfel, die man sehen konnte und die er in früheren Jahren manches Mal bestiegen hatte. Gerade ihnen gegenüber befanden sich auf einem verödeten Hügel die Ruinen einer Burg, an einigen Stellen so niedrig und verbröckelt, daß das Gras darüber hinauswuchs, während an andern das Gemäuer noch die einstigen Formen erkennen ließ. Christoph Bernkule erzählte alte Überlieferungen, die sich daran knüpften, und fügte hinzu, daß er als Kind hätte sagen hören, es töne zuweilen bei Abend- oder Nachzeit eine süße Musik aus den verfallenen Mauern, deren Ursprung nie habe erkundet werden können; denn sooft einer sie gehört und neugierig zwischen den Trümmern nachgespürt habe, sei sie verstummt und nie etwas andres zu finden gewesen als etwa eine zirpende Grille oder ein weinendes Käuzchen.

Lisutt blieb eine Weile still und in sich gekehrt, so daß nicht zu erkennen war, ob sie die Erzählung des Großvaters verstanden hatte, plötzlich aber richtete sie die Augen groß und heiter auf ihn, sagte: »Ich höre die Musik!« und blickte dann wieder fest auf das Gemäuer, hinter dem, durch unregelmäßige Lücken sichtbar, das Feuer der untergehenden Sonne brannte. Während der alte Bernkule lächelte, sah Brun ernst und fast traurig auf die Kleine, der das wunderbare Tönen aufgegangen war, und auch der alte Mann konnte sich der Neugierde und Bewunderung nicht enthalten, wie sie die runden Arme mit einer kleinen, unbewußten Bewegung hin und her zu wiegen begann, gerade als ob sie zu einer die Seele durchdringenden Musik den Takt angeben wollte. Lux lag ein wenig abseits im Moose und horchte halb auf das Gespräch der andern, halb in sich hinein, wo der Nachhall der Schwüre ihres Geliebten weiterlebte, die er, sowie sie einen Zweifel an seiner Beständigkeit oder an ihrer gemeinsamen Zukunft merken ließ, nicht müde wurde zu wiederholen: daß die Kraft der Liebe sein Herz und seinen Willen gehärtet habe, so daß weder Zwang noch Bitten ihn würden biegen können, daß ihre Armut ihn beglücke, weil er, ein Bettler vor der

Fülle ihres Wesens, dadurch doch auch einmal, wenn auch nur in vergänglichen und nebensächlichen Dingen, reich sein und ihr schenken könne, daß er lieber Fluch, Verbannung, Elend und das ewige Brennen der Hölle mit ihr teilen wolle, als entblößt von ihrer Nähe und Liebe die schauerliche Langeweile des Lebens ertragen. Auf einer unfaßbaren Melodie durchfluteten sie solche Worte, Minuten wie Stunden erfüllend und verzehrend, so daß sie die Flucht der Zeit nicht bemerkte. Auch der Alte saß selbstvergessen da, aus den verglimmenden Äuglein auf das Kind blinzelnd und zuweilen bewußtlos in sich hineinlachend. Das kantige Trümmerwerk starrte schwärzer aus dem weißleuchtenden, grünlich überhauchten Himmelsgrunde, und schon sammelte sich kühle Feuchtigkeit über dem Boden, als Lux zum Heimgehen mahnte. Sie und Brun mußten wechselweise Lisutt auf den Armen tragen, die unvermerkt eingeschlafen war, der alte Bernkule hingegen ging seinen steten, langsamen Schritt nach Hause und murmelte zuweilen für sich unverständliche Dinge, wobei er ein wenig die unsicheren Arme bewegte. Am andern Morgen fieberte er, schien aber mehr schwach als krank zu sein, doch starb er, ohne noch einmal volles Bewußtsein wiedererlangt zu haben, zwei Tage darauf, die Anstrengung des Spaziergangs und die Feuchtigkeit des Abends mochten die Auflösung des Greises beschleunigt haben. Der Tod des alten, mehr als neunzigjährigen Mannes, den jedermann in Klus, groß und klein, reich und arm, kannte, erregte allgemeine Teilnahme, und viele kamen, ihn zu sehen, der mit dem langen weißen Haar und dem wallenden Bart, in dem sich noch schwarze Haare kräuselten, erbaulich wie ein Patriarch dalag und die Umstehenden zu schönen Betrachtungen über Leben und Sterben veranlaßte. Die Kinder, die sich bei seinen Lebzeiten vor ihm gefürchtet hatten, liefen neugierig herbei und brachten Blumen ohne Zahl, so daß beim Begräbnis der kleine schwarze Sarg unter Kränzen fast verschwand. Himmel und Erde lachten in sommerlicher Wonne, als das Trauergeleit den eingesegneten Leichnam auf den Gottesacker führte, der, zwischen zwei Hügel eingebettet, ein halbes Stündchen außerhalb des Dorfes lag. Dicht hinter dem Leichenwagen ging mit flinken, fröhlichen Schritten Lisutt, weiß angetan und weiß bekränzt, strahlend vor feierlicher Heiterkeit, da sie überzeugt war, den Großvater in das Paradies zu führen, wo Engel und Heilige auf den Wiesen tanzten und hurtige Affen auf immergrünen Bäumen kletterten.

Es war eine selbstverständliche Sache, daß Lux, als vermeintlicher Enkel des alten Bernkule, sein Geschäft fortführen werde; aber bevor sie noch förmlich in das Amt war eingesetzt worden, ging auf allen Seiten ein Murren los, die Stelle würde liederlich verwaltet und keine Maulwürfe mehr abgefangen, sie gebärdeten sich wie die Herren im Lande, unterwühlten nicht nur die Gemüsepflanzungen, sondern stießen sogar in den Ställen auf, zu großem Schaden und übler Vorbedeutung. Nun war freilich die Jagd von jeher und besonders während der letzten Lebensjahre des alten Bernkule überaus nachlässig betrieben worden, allein weil die Leute mit ihm nicht anbinden wollten und mochten, hatten sie geschwiegen und insgeheim selber weggefangen, was ihnen in die Quere kam; jetzt aber erhoben sie unverweilt ein Geschrei, daß sie zusehen müßten, wie das Ungeziefer ihnen Bohnen und Melonen zerstörte, da ja zugunsten des verschworenen Schermäusers eigenmächtiges Ergreifen und Töten der Maulwürfe verboten wäre.

Auf die Ermahnungen des Magistrats hin, sich des Amtes besser anzunehmen, wußte sich die unberatene Lux nichts Besseres, als mehr und mehr selbstverfertigte Schwänzchen vorzuweisen, wovon sie noch einen ziemlichen Vorrat hatte, wodurch aber, wie sich von selbst versteht, der Maulwurfsplage keineswegs gesteuert wurde. Bald begann die Maulwurfbehörde sich über die gewaltige Vermehrung dieser Tiere zu wundern und zu beunruhigen, die, so mußte es ihnen schei-

nen, bei Dutzenden weggefangen, sogleich bei Hunderten wieder da waren, als ob sie sich aus dem Blute der Hingewürgten phönixartig und vervielfacht neu erzeugten. Im Rat, wo Bildung und Besonnenheit vorherrschte, suchte man nach vernünftigen Erklärungen für die Erscheinung und besann sich auf verschiedene Fälle, wo Heuschrecken, Frösche, Mäuse und ähnliche Tiere durch unerhörte Vermehrung zu einer Landplage geworden waren, und auf das Betragen und die Mittel, die die Weisheit der Regierenden jeweilig solchen Heimsuchungen entgegengesetzt hatte.
So bedachtsam ging es im Volke nicht zu, wo der schwarze Tobias in selbstsüchtiger Absicht allerlei verdächtige Nachrede umgehen ließ; man wurde sich einig, daß die Sache mit rechten Dingen nicht zugehen könne, und flüsterte sich zu, daß Lux durch zauberhafte Mittel die Vermehrung oder den Zufluß von Maulwürfen herbeigeführt habe, teils aus allgemeiner Bosheit, damit Landwirtschaft und Gartenbau von Klus zugrunde gehe, teils um bei der Gelegenheit die eigne Tasche zu füllen. Anfänglich blieb das ein unterdrücktes Grollen und Drohen, wovon eben der, die es betraf, nichts zu Ohren kam, bis es geschah, daß in der Burgkirche das Fehlen der Marienkrone bemerkt wurde, die Kunde davon zu jenem Goldschmied drang, dem Lux die beiden größten Edelsteine verkauft hatte, in diesem

der Argwohn aufstieg, dieselben könnten mit dem großen Kirchenraube in Zusammenhang stehen, und durch die auf seine Anzeige erfolgende Untersuchung als wahrscheinlich nachgewiesen wurde, daß sie in das vermißte Heiligtum gehörten. Augenblicklich fiel der Verdacht der Leute auf Lux, deren Abreise und zweitägiges Fernbleiben von Klus gerade während der Zeit, wo der Raub dem Vermuten nach ausgeführt worden war, sogleich Verwunderung erregt hatte und nun in übelster Weise ausgedeutet wurde, noch mehr aber, weil sie ihnen nun einmal ein Dorn im Auge und Zielscheibe aller bösen Gedanken geworden war.

Der Richterschaft erschien es nicht angemessen, Lux auf so geringe Verdachtspunkte hin gefangenzunehmen, auch deshalb zur Nachsicht geneigt, weil Lux sich der Gunst des Bischofs erfreute, und so wurde ihr nur mitgeteilt, daß sie bis auf weiteres ihre Wohnung nicht verlassen und einer Vorladung vor Gericht sich gewärtig halten solle. Da ihr nicht gesagt worden war, um was es sich handle, dachte sie, es müsse die Maulwurffängerei angehen, und nahm die Sache nicht schwer.

Sie machte sich allerlei im Hause zu schaffen und bog sich zwischendurch öfters aus dem Fenster in der Erwartung, daß Lando kommen würde, um sie, wenn ihm etwas von dem seltsamen Vorfall zu

Ohren gekommen wäre, zu trösten oder ihr Rat und Hilfe anzubieten. Da es Nachmittag wurde und er noch nicht gekommen war, hielt sie sich vor, daß er sich gewiß nicht habe freimachen können, und schalt sich wegen ihrer Ungeduld, trotzdem wuchs ihr Verlangen, ihn zu sehen, so, daß sie nur zerstreut auf Lisutts Spiele einzugehen vermochte. Früher als sonst brachte sie die Kinder zu Bett und atmete auf, als sie schliefen und sie sich ins Fenster setzen und endlich unbehelligt der Sehnsucht hingeben konnte. Es hatte sie während des langen Tages zuweilen ein Gefühl heißer Bangigkeit überlaufen, als müsse doch etwas Wichtiges und Peinliches gegen sie im Werke sein, aber es verflog immer wieder, und vollends, wie sie in den Frieden des Abends hineinsah, der baldigen Ankunft des Freundes gewiß, wich die Beklemmung, und die Herrlichkeit eines zukünftigen Glückes ging strahlend vor ihr auf. Allmählich verblichen diese Träume in der Länge des Wartens, und sie fing an so inständig zu horchen, daß das Donnern des Wassersturzes, das jedes kleinere Geräusch verschlang, sie aufregte und ihr unerträglich vorkam und sie wünschte, daß nur ein obdachloser Vagabund oder eine jagende Katze vorbeigeschlichen käme, um doch einmal die spöttische Leere zu unterbrechen. Sie wurde darüber müde und abgespannt, gerade indessen, als sie sich hoffnungslos abgewandt hatte, hörte sie den leisen, lässigen Schritt, den sie kannte, und kehrte mit einem halblauten Aufschrei der Freude an das Fenster zurück. Ohne Gruß oder Anrede von ihm zu erwarten, bog sie sich hinaus, lehnte sich auf seine Schulter und erzählte, wie sehnlich sie ihn erwartet habe, doch machte er sich sachte los, fragte, ob sie wisse, was für eine Anklage gegen sie erhoben wäre, und teilte ihr mit, was er gerüchtweise vernommen hatte, wobei er sie unsicher und fast verlegen ansah. Lux sagte befremdet, indem sie sich langsam aufrichtete, ein Verbrechen habe sie doch nicht begangen, was ihr also widerfahren könne, wohingegen Lando meinte, das natürliche Recht und das geschriebene seien nicht immer gleich, auch der Unschuldige könne sich in den Netzen des Lebens verwickeln oder in Fallen fangen, die Böswillige aufgestellt hätten, er wolle froh sein, wenn alles ohne Gefahr und böse Folgen vorüberginge. Sie betrachtete ihn wehmütig lächelnd und sagte: »Und wenn ich nun unterliege? Und wenn ich nun schuldig wäre? Würdest du mich noch lieben, wenn ich einen Span vom heiligen Kreuze aus der Kirche gestohlen hätte? oder wenn ich dem Bischof Gift eingegeben hätte?« Es flammte in seinen Augen, und er flüsterte leidenschaftlich: »Wenn du deinen Vater ermordet und deine Kinder verkauft hättest, und wenn ich wüßte, daß du mir selber das Blut aussaugen würdest, ich würde dich immer lieben und nimmer verlassen! Eher könnten diese Wasser versiegen und jene Berge versinken, als daß ich aufhören könnte, dein zu sein!«

Während dieser Beteuerungen versuchte er sich zu ihr hineinzuschwingen, allein sie drängte ihn sanft zurück und sagte, sie wolle nicht haben, daß ihre Kinder erwachten und ihn bei ihr fänden, überhaupt wäre jetzt Vorsicht geboten, und sie dürften nicht zusammen gesehen werden. Er empfand, er wußte selbst nicht warum, einen kühlen und fremden Hauch in ihrem Wesen und schmeichelte ihr mit vielen kosenden Worten, doch leuchtete ihm ein, was sie von Vorsicht sagte, und so nahm er den Abschied, zu dem sie ihn drängte. Kaum war er ihr verschwunden, als die Tränen aus ihren Augen zu fließen begannen, aber zugleich atmete sie tief auf und fühlte sich wunderbar gekräftigt. Es war ihr, als hätte bisher ein farbiges Gewölk zwischen ihm und ihr geschwebt, durch das er ihr geheimnisvoll, prächtig und reizend erschienen wäre, und als hätte eben ein zufälliger Windstoß den Nebel geteilt, so daß sie ihn gesehen hätte, wie er in der Tat wäre, aller Wunder bar, schwächlich, kümmerlich und ein wenig lächerlich.

Ja, obwohl ihr das Herz noch weh tat, mußte sie am andern Morgen doch lachen, indem sie sich vorstellte, wie der arme Lando ebensoviel Angst hätte, sie zu verlieren, wie sie festhalten zu müssen, und bald fürchtete, sie möchte die ganze Millionenmutter samt der Krone gestohlen, bald sie möchte es nicht getan haben.

Sie fühlte sich heiter und lieblich müde wie eine Genesende, als sie auf das Rathaus abgeholt und dort sogleich dem Goldschmied gegenübergestellt wurde, der ohne Zaudern erklärte, in ihr den jungen Menschen wiederzuerkennen, der ihm die Edelsteine zum Verkauf angeboten habe. Lux dachte nicht daran zu leugnen und sagte aus, daß die Steine dem Bischof gehörten, der sie nicht in eigner Person habe verkaufen wollen, damit nicht bekannt würde, daß er sich in Geldverlegenheit befinde. Diese Behauptung, der niemand die mindeste Glaubwürdigkeit beimaß, machte den übelsten Eindruck sowohl auf die Richter wie vollends auf den Bischof, der einen jähen Zorn auf sie warf und laut seine Entrüstung über die Undankbarkeit und Dreistigkeit des Pöbels äußerte. Am folgenden Tage wurde Lux, die nunmehr in das Untersuchungsgefängnis verbracht worden war, nochmals befragt und ernstlich ermahnt, die Wahrheit zu sagen und nicht einen frommen und hochwürdigen Mann, wie der Bischof sei, zu verunglimpfen, worauf sie erstaunt und ein wenig ungeduldig erwiderte, etwas andres könne sie nicht aussagen, weil sie nichts andres wisse und nichts andres sich begeben habe.

Es folgten nun die Zeugenverhöre, wobei eine große Anzahl von Bauern und Bäuerinnen zu Worte kamen, die zwar nichts über den Kirchenraub beizubringen hatten, desto mehr aber über die Maulwurfplage und wie sie den jungen Schermäuser zaubern gesehen hätten. Da dies nicht zur Sache gehörte, versuchten die Richter die umständlichen Berichte abzuschneiden, und der Justizrat Schimmelmann gab einigen Zeugen anheim, daß sie dumme Tröpfe wären, so daß das Geschwätz im Sande verlaufen wäre, wenn der Bischof nicht die Meinung ausgesprochen hätte, daß hier ein der Aufmerksamkeit höchst würdiger Fall vorliege, der scharf untersucht und unnachsichtig bestraft werden müsse. Wenn der Kirchenraub etwas Gottloses sei, so sei die Zauberei vollends teuflisch, in der Bibel schon als Haupt- und Todsünde gebrandmarkt, und man müsse die Gelegenheit ergreifen, um der Welt zu zeigen, daß der Satan immer noch umgehe, die Kirche aber so rüstig wie je sei, ihm die List einzutränken.

Abends, als Wonnebald, Boll, Schimmelmann und mehrere andre Justizpersonen gemütlich im Gasthaus beieinander saßen, kam die Angelegenheit zur Sprache; der Bischof hätte seine Meinung dem Justizrat gegenüber schwerlich verteidigen können, wenn Medizinalrat von Boll ihm nicht zur Seite gestanden hätte, dem es zwar meist an richtiger Einsicht und vernünftigen Gedanken, nie aber an Dreistigkeit fehlte, seiner Überzeugung Geltung zu verschaffen. Er wisse wohl, sagte er, daß man verlacht werde, wenn man an Wunder, Teufelei und Hexerei und dergleichen glaube, aber der Glaube an Gott und die unbefleckte Jungfrau werde nicht minder verspottet; er und seine Ahnen wären von jeher Kämpfer für die heilige Wahrheit gewesen und fürchteten den Hohn der Ungläubigen so wenig wie der Soldat die Kugel des Feindes. Ob man nicht täglich hören könne, daß die Kühe verhext wären, daß kleine Kinder, vom bösen Blick getroffen, in Krämpfe fielen? Im einfachen unverdorbenen Volke sei diese Erkenntnis noch anzutreffen, und es suche sich durch geweihte Talismane gegen die Einwirkung des allgemeinen Feindes zu schützen. Die Aufklärer sollten nur fortfahren in ihrer gottlosen Arbeit den Tempel des Glaubens zu unterwühlen! Einstürzend werde er sie zuerst begraben! So wahr wie Christus durch Gott Wunder gewirkt habe, hätten von jeher Böse durch den Teufel gezaubert.

Dasselbe und ähnliches wiederholte er häufig mit Nachdruck und lautem Hall und Dröhnen der Stimme, so daß der Bischof nun erst die Wichtigkeit und Richtigkeit seines Einfalls, das Geschwätz der Leute gegen Lux zu benutzen, ganz begriff und auch die übrigen ihre Zweifel an der Möglichkeit des Zauberns nicht mehr schlechthin auszusprechen wagten. Das männliche Auftreten des Medizinalrats zeigte klar, daß sich hingebende Gläubigkeit wohl mit schneidiger Kraft vereinigen lasse, und mancher erinnerte sich, gehört oder gelesen zu haben, daß die Aufklärung auch nicht unfehlbar sei. Einzig der Justizrat lachte von Herzen über die Reden seines Freundes, aber nur bei sich im Innern; äußerlich ging er mit fröhlicher Ironie darauf ein, da er aus Erfahrung wußte, daß Boll diese Art sich auszudrücken nicht begriff, vielmehr alles für bare Münze nahm und er somit das Vergnügen genießen konnte, ihn auszuspotten, ohne seine Freundschaft, an der ihm wegen des Flötenspiels viel gelegen war, einzubüßen. Er erzählte mit verstelltem Ernst, daß er seine Köchin im Verdacht der Hexerei habe, denn sie verzaubere häufig die Speisen, so daß sie mißrieten, lasse auch durch Kraft des bösen Blicks den Braten schwinden und dergleichen mehr, was die meisten von den Anwesenden wohl richtig auffaßten, aber als eines ernsten Mannes unwürdigen Mutwillen mißbilligten, weswegen sie sich durch die stillschweigend darin ausgedrückte Meinung auch nicht beeinflussen ließen.

Immerhin war es keinem geheuer bei dem Gedanken, einen Hexenprozeß einzuleiten, was seit hundert Jahren nicht vorgekommen war; aber der Bischof sagte, es sei eben hohe Zeit, wieder damit anzufangen, und erklärte sich bereit, den Vorsitz zu übernehmen, da es geistliche Dinge wären, die geistlich müßten gerichtet werden. Der Medizinalrat zeigte hohe Begeisterung über diese Wendung und frohlockte, es sei ein herrlicher Sieg der guten Sache, wodurch viele mit hingerissen wurden, während der Justizrat, um einem solchen Schauspiel nicht beizuwohnen, als dessen Gegner aufzutreten er sich auch nicht entschließen mochte, eiligen Urlaub nahm und eine Reise antrat.

Sowie die öffentliche Anklage auf Zauberei gegen Lux erhoben wurde, schrieb Lando einen Brief an seinen Oheim, den Erzbischof Giselbert, und teilte ihm die unerhörte Tatsache mit, zugleich bittend, er möge den Bischof sogleich verwarnen, damit diese Torheit nicht weiter getrieben und die Kirche ganz und gar lächerlich gemacht werde; worauf der Erzbischof sich behutsam bei Wonnebald erkundigte, was an der Sache sei, und ihm auf alle Fälle riet, sich und der Kirche keine Blöße zu geben. Obwohl er nicht verraten hatte, von wem er seine Nachrichten habe, zweifelte der Bischof doch nicht, daß Lando dahinterstecke, und antwortete mit Würde, der Erzbischof möge sich nicht von einem leichtfertigen Knaben, wie sein Neffe sei, in so ernsten und schweren Dingen beraten lassen; er wolle ihm insgeheim mitteilen, daß die beklagte Person weiblichen Geschlechts sei und mit Lando einen weitgehenden Liebeshandel unterhalten habe und daß dies der Grund sei, warum er den Gang der Justiz zu hintertreiben versuche; anstatt sich von ihm betören und ausnützen zu lassen, solle Giselbert ihm lieber behilflich sein, den verblendeten Jüngling aus dem Garn der Teufelin zu erretten. In diesem Schreiben leuchtete dem Erzbischof vornehmlich das ein, was die Liebschaft seines Neffen betraf, an deren Bestand er nicht zweifelte, und er beschloß, ihn sofort zu sich zu rufen und ihn auf andre Gedanken zu bringen, zugleich aber über die wunderlichen Veranstaltungen des Bischofs Kunde einzuholen. Lando hatte kaum den Befehl seines Oheims erhalten, als seine Liebe hoch aufloderte und er bei sich schwur, allen Versuchen, ihn den Pflichten der Treue und Ehre abwendig zu machen, Trotz zu bieten, nicht vom Flecke zu weichen und die Geliebte im Notfall mit Aufbietung des letzten Blutstropfens zu beschützen.

Indessen dachte die arme Lux nicht daran, daß ihr eine ernstliche Gefahr drohe, vielmehr, als der Bischof im Ornat, umringt von vielen stirnrunzelnden Männern, ihr vorhielt, daß sie, anstatt demütig ihres Amtes zu walten und die Maulwürfe einzufangen, wie vorgeschrieben sei, durch verbotene Zauberei dieselben vermehrt habe, sei es, um ihren Verdienst zu erhöhen, sei es, um den Menschen zu schaden, konnte sie sich nicht enthalten zu lächeln, und obwohl es ihr leid tat, den Ruf des verstorbenen Bernkule anzutasten, entschloß sie sich, den Zusammenhang freimütig zu erklären. Sie schilderte deutlich und nett das Verfahren bei Anfertigung der Schwänze, wie es ihr Schwiegervater erfunden hatte, und gestand, daß sie auf die Ermahnung des Magistrates zu größerem Fleiße mehr und mehr künstliche Ware eingeliefert habe und wie dadurch der Anschein einer wunderbaren Vermehrung des Ungeziefers natürlich entstanden sei. Als sie geredet hatte, sah sich der Bischof mit triumphierendem Lächeln im Kreise um, welches bedeutete, daß die freche und listige Erfindung, mit der der Beklagte sich aus der Schlinge zu ziehen suche, ihn schlagend überführt habe, und erklärte Lux, daß es nicht erlaubt sei, die Justizpersonen mit gröblichen Aufschneidereien zum besten zu haben. Lux errötete und versprach, wenn man ihr das dazu Nötige geben wolle, vor den Augen der Versammlung so viel falsche Maulwurfschwänze man wolle herzustellen, die von echten nicht zu unterscheiden sein sollten, allein die Herren weigerten sich, so weit auf die schamlosen Lügen eines Bösewichtes einzugehen; denn nun waren sie überzeugt, es mit einem verzweifelten Sünder zu tun zu haben.

Ohne länger auf ihre Verteidigung zu achten, wurden jetzt sämtliche Zeugnisse zu Protokoll genommen, welche die Bauern über die Zauberei des jungen Schermäusers aufzubringen wußten: daß man ihn öfters Holunderzweige habe abbrechen sehen, die man freilich im allgemeinen dazu gebrauche, den Maulwurf zu vertreiben, was aber jedenfalls auch Hexerei sei, und was nicht unwahrscheinlich auch dem entgegengesetzten Zwecke dienen könne; daß man ihn auch oft im Schatten von Holunderbüschen habe sitzen sehen, was von jeher ein seltsamer Ort und Aufenthalt gewesen sei; daß man ihn den lieben langen Tag durch Felder, Gärten und Wiesen hatte streifen sehen, Lieder trällernd, die wohl ihre Bedeutung gehabt hätten, niemals mit dem Aufstellen der Fallen oder andrer ehrlicher Arbeit beschäftigt; daß man ihn ferner auch nachts beim Mondschein habe laufen sehen oder am Fenster sitzend, was als ungewöhnlich aufgefallen sei. Daß er auch in der Erde gegraben habe, aber augenscheinlich nicht nach Maulwürfen. Daß er der Kleinen, die er stets mit sich geführt habe, öfters breite Blumenkränze auf den Kopf gesetzt habe. Daß man von jeher das Blut unschuldiger Kinder zu Zaubersuppen verwendet habe, und daß man nicht wissen könne, was er im Sinn gehabt habe. Daß man ihn an einem Teich habe sitzen sehen, wo die Frösche gesungen hätten, und daß er überhaupt gern mit dem Vieh umgegangen sei, auch gern in Höfen und Ställen sich aufgehalten habe.

Schließlich trat der Bischof selbst als Zeuge auf

und meldete, daß Lux ihm, zweifelsohne durch Anwendung teuflischer Mittel, eine unüberwindliche Zuneigung eingeflößt habe, wie es denn wohl jedermann bekannt gewesen sei, daß der junge Bursch in seiner Gunst gestanden habe und mancher ihn vielleicht zu seiner hohen Verwunderung mit dem Schermäuser habe spazieren sehen; bis derselbe ihn habe bereden wollen, sich eines Alrauns zu bedienen, nämlich einer goldschwitzenden Wurzel, und ihm auch Anweisung gegeben habe, wie dem Fetisch durch Verfluchung des Christengottes müsse gehuldigt werden, vermutlich um seine Seele dem Teufel zuzuwenden, worauf ihm denn endlich die Augen über die wahre Natur des gottlosen Menschen aufgegangen wäre. Nach eignem Geständnis hätte er seine Kenntnis solcher Zauberei aus einem alten Buche, worin auch allerlei verschwiegene Mittel vorgestellt wären, um unbeliebte Personen unmerklich vom Leben zum Tode zu bringen.

Diese Erzählung des Bischofs wirkte wohltuend und erleuchtend auf alle die Leute, denen es noch in peinlicher Erinnerung lebte, wie lieb ihnen der junge Geselle gewesen war, der ihnen lauter Freundlichkeit und Güte erwiesen hatte, was sie nun nicht mehr zu verbergen brauchten, da sich ja nur seine schwarze Kunst desto deutlicher darin offenbarte. Es wurden eine Menge Beispiele von seiner Verzauberung der Menschen zusammengetragen: wie er den schwarzen Tobias um die Abendzeit in seiner Hütte besucht, ihn herzlich angeblickt und ihm Unterstützung versprochen hatte, um ihn zu trösten, weil er um seinetwillen die Stelle als Hilfsjäger des alten Bernkule verloren habe; wie er sich häufig zur schiefen Resi auf die Bank vor dem Hause gesetzt und ihre gichtgekrümmten Hände gestreichelt hatte; wie er dem stelzfüßigen Klaus, der nicht Weib noch Kind besaß, Kleider und Strümpfe geflickt und oft mit eignen Händen eine Suppe gekocht hatte; wie er die Kinder an sich gelockt und ihnen Pfennige geschenkt hatte; wie die Mädchen in ihn vernarrt gewesen waren, obwohl er sich öffentlich nie um sie gekümmert hatte; wie er so sanfte Hände und vor allen Dingen einen zärtlichen Blick gehabt habe, wodurch er die Seelen habe betören können, wie sich nun herausstelle, um sie dem Teufel als schuldigen Tribut oder als Lösegeld in die Krallen zu spielen. Auch jetzt flößte Lux, die bald verwundert, bald wehmütig die Verhandlungen an sich vorübergehen ließ, ohne viel dazu zu sagen, vielen von den Richtern ein Gefühl ein, das ihnen wie natürliche Zuneigung erschienen wäre, wenn sie nicht durch die Bekenntnisse der übrigen Betroffenen eitel Teufelei dahinter hätten erkennen müssen, so daß ihr Abscheu vor dem gefährlichen Satansbuben dadurch nur vermehrt wurde.

Als nun auch in Zweifel gezogen wurde, ob Lux

wirklich, wie sie angegeben hatte, der Enkel des verstorbenen Bernkule sei, zeigte sich, daß sie keine Papiere besaß, um sich auszuweisen, und ihr der Aufenthalt in Klus seinerzeit nur auf eine mündliche Erklärung des Alten und wegen der bischöflichen Fürsprache war gestattet worden. Es wurde für das beste gehalten, den kleinen Brun zu befragen, der, während man Lisutt bei dem angeblichen Bruder gelassen hatte, einem Lehrer zu vorläufiger Obhut übergeben worden war und von diesem als ehrlicher und zuverlässiger Bursche geschildert wurde. Als Brun sich unversehens seiner Mutter gegenübersah, ohne sich ihr nähern, geschweige denn mit ihr sprechen zu dürfen, die ihm aber ermunternd zulächelte und zunickte, wurde er blaß, und das Weinen stieg ihm so heftig in die Kehle, daß er es kaum verschlucken konnte. Nach einer feierlichen Ermahnung des Bischofs, die Wahrheit zu sagen, wurde er gefragt, ob Lux sein Bruder sei, worüber er aufs äußerste erschrak, da er wohl wußte, wie sie ihm eingeprägt hatte, daß er sie vor den Leuten nicht Mutter nennen dürfe, und er glaubte, es hänge ihr Glück oder ihr Leben von seinen Worten ab; aber es war ihm unmöglich, eine Lüge auszusprechen, und mit einem herzzerreißenden Blick auf Lux sagte er, nein, sie sei sein Bruder nicht, war aber zu weiteren Erklärungen durch kein Zureden zu bewegen.

Nachdem somit das vagabundenhafte, auf Lug und Trug gebaute Dasein der Lux nachgewiesen war, sollte auch Lisutt von ihr getrennt werden, und der Medizinalrat übernahm es, indem er sich für einen Kinderfreund erklärte, die Kleine an sich zu locken. Lisutt aß zwar die Süßigkeiten auf, die er ihr brachte, als er sie aber auf den Arm nehmen wollte, schlug sie nach ihm und schimpfte mit heller Stimme so kräftig, daß er sich eilig bekreuzte und entfernte und berichtete, das Kind habe sich wie ein feuerspuckender Teufel gebärdet, entweder es sei doch von einer Brut mit dem Schwarzkünstler, oder er habe es bereits vom Grund aus verhext, so daß man sie füglich beieinander lassen könne, bis das Urteil gefällt sei.

Damit hatte es aber noch einige Schwierigkeiten: der Bischof nämlich war der Ansicht, ein Zauberer müsse mit Feuer verbrannt werden, die andern dagegen fanden, ein Scheiterhaufen passe nicht in die neuen Zeitläufte, er solle sich mit dem Galgen begnügen, ja verschiedene wollten weder vom Brennen noch vom Hängen etwas wissen und sagten, man hätte einzig die Sache mit dem Kirchenraub verfolgen sollen als etwas Handfestes und allgemein Verständliches, mit der Zauberei könnten sie viel Anfechtung und üble Nachrede erfahren.

So standen die Dinge, als plötzlich ein Umschwung in der galligen Laune des Bischofs eintrat, die zum großen Teil die Ursache war, daß er der armen Lux einen kläglichen Tod bereiten wollte. Die Stiftsdame Hermenegilde hatte sich, um ihre Entbindung zu erwarten, in einem kleinen, ihr gehörigen Schlößchen in der Nähe von Klus einquartiert, das für gewöhnlich nur von einem Verwalter und seiner Frau bewohnt wurde, und es war ihr Plan, daß das Kind bei diesen Leuten als bei seinen Eltern aufwachsen sollte, so daß sie es, wenn sie immer Lust hätte, besuchen und seine Erziehung beaufsichtigen könnte. Diese Vorstellung ängstigte den Bischof über alle Maßen, doch ging er scheinbar auf alle Wünsche der reizbaren Freundin ein und verständigte sich nur insgeheim mit der alten Dienerin, die sie begleitet hatte, indem er sie beredete, das Kind, kaum daß es völlig auf der Welt wäre, geschwind in das nächste Findelhaus zu tragen, wo es denn für alle Zeit verschollen bleiben sollte. Die Sorge, ob der heikle Auftrag sich würde ausführen lassen, verkehrte die übliche Zufriedenheit Wonnebalds in Erbitterung, die er in dem Prozeß gegen Lux ausließ und die ihm das Brennen auf dem Scheiterhaufen als etwas Wünschenswertes und Notwendiges erscheinen ließ. Indessen, als er die Nachricht erhielt, daß das Kind zwar lebendig ans Licht getreten, aber stracks in das Findelhaus verbracht wäre, wo niemand es suchen und noch weniger finden könnte, glättete sich die Unruhe seines Herzens und machte der ihm angeborenen Behaglichkeit Platz. Er fing an, zärtliches Mitleiden für die unschuldig gepeinigte Lux zu empfinden, und zugleich regte sich die vernünftige Betrachtung, daß am Ende noch ihr Geschlecht bekannt werden würde und diese Entdeckung ihm nachträglich böse Ausdeutungen der Gunst, die er ihr hatte angedeihen lassen, eintragen könnte. Im stillen ärgerte er sich über den Medizinalrat, daß er ihn in eine so dornige Sache hineingestoßen hätte, die seinem Gemüt nicht zusagte, und es dünkte ihn in jeder Hinsicht das beste zu sein, wenn dem lieben Weibe zur Flucht verholfen und damit der leidige Prozeß für immer begraben würde. Zu diesem Zweck ordnete er an, daß Lux aus dem allgemeinen Untersuchungsgefängnis in einen Turm überführt würde, der zum Umfange der Burg gehörte und der in alten Zeiten als Luginsland sowie zur sicheren Aufbewahrung von Gefangenen war gebraucht worden; wobei er sich des Vorwandes bediente, daß der Zauberer vermutlich mittels schwarzer Kunst zu fliehen versuchen würde, wogegen jener feste Zwinger das beste Bollwerk wäre. Also wurden Lux und Lisutt eines Morgens in den Turm gebracht, in dessen pechdunkelm Innern eine Wendeltreppe mit hohen steinernen Stufen zu einer kahlen Stube mit einem Guckfenster nach jeder Himmelsrichtung führte.

Das Bewußtsein, nicht mehr im Gefängnis, sondern eigentlich im Hause des Bischofs zu sein, an dessen Gütmütigkeit sie immer noch glaubte, vor allem das Gefühl der Einsamkeit in der Höhe zwischen den winterlichen Lüften tat Lux wohl; sie hob Lisutt auf ihre Schulter, ließ sie durch die vier Gucklöcher sehen, küßte sie ungestüm und fing allerlei Spiele mit ihr zu spielen an mit mehr Fröhlichkeit, als sie seit langem getan hatte, so daß Lisutts Jauchzen zwischen den dicken Mauern erklang, wie wenn ein kleiner Vogel sich darin verflogen hätte und zwitscherte. Nach einigen Stunden jedoch stellte sich Müdigkeit und Hunger ein, und mit minderer Lust als im Anfang erzählte Lux Märchen und Schnurren, damit das Kind nicht zu essen verlangte, bevor sie ihm etwas zu geben hätte. Dann, nachdem es gemerkt hatte, was ihm fehlte, und herzlich nach Brot und Wasser verlangte, galt es allerlei zu ersinnen, um es zu vertrösten und zu zerstreuen; aber zwischen dem Sprechen senkte sich dunkle, unheimliche Furcht auf ihr Gemüt. Wenn sie nach der Treppe horchte, ob kein Schlurfen von Schritten käme, war es drinnen still wie Stille im Grabe, die unendlich und unabänderlich ist. Früh kam die Dämmerung und brachte wachendes Bewußtsein der Kälte und Verlassenheit mit sich; Lisutts Tränen stürzten nun unaufhaltsam, die sie bisher im Gefühle, wie weh sie ihrer Mutter taten, bitterlich kämpfend hatte zurückhalten können.

In Lux war Staunen und Schrecken: es hätte sie nicht verwundert, wenn ein neuer schöner Stern über dem unschuldigen Haupte ihres Kindes aufgegangen wäre und Könige und Weise ihm Gaben gebracht und ihm gehuldigt hätten; anstatt dessen sollte es auf nackten Steinen verhungern. Sie fühlte ihr Herz voll der reichsten, stärksten, tapfersten Liebe, und nichts konnte sie tun, um das vergötterte Kind vor grausamen Leiden zu retten, nicht so viel wie der Tod, der Feind der Menschen, der es erlösen könnte, indem er es ihr entriß. Frühlingstage und Sommertage waren gewesen, wo die Leute, wenn sie das süße Antlitz unter Blumenkränzen hervorlachen sahen, stehenblieben und es grüßten und segneten, wie man Leben, Sonne und Jugend segnet. Sie konnte es nicht fassen, daß jene Tage gewesen waren und daß dieser war.

Mit der Dunkelheit wurde es kälter, und der Wind, der lauter und schneller daherfuhr, blies durch die Fensterluken; es war Lux, als jagte der Tod auf wieherndem Roß in engen, immer engeren Kreisen um den Turm, um ihr die Seele der kleinen Lisutt zu entführen. Sie nahm das Kind, das allgemach von Erschöpfung überwältigt war, so daß es nicht mehr weinte, und stellte sich mit ihm an ein Fenster: da lag in kalter, heller, glorreicher Wintereinsamkeit der Berg, den sie von ihrem Häuschen aus täglich gegenüber gesehen hat-

ten, und deutlich schimmerte der nackte Pfad, der sich geduldig an ihm in die Höhe wand. »Siehst du?« flüsterte Lux, »da werden wir, wenn wir noch eine kleine Weile still warten, zusammen in den Paradiesgarten hinter dem Berge gehn, wo der Himmelvater wohnt und uns Milch und Honig gibt, soviel wir mögen.« Lisutt nickte und lallte träumerisch: »Da werde ich deine Mutter sein und dich niemals hungern und dürsten lassen.« Lux zog ihre Jacke ab, um ein notdürftiges Bett für das Kind daraus zu machen, und sie hatte es kaum darauf gelegt, als es in einen Schlaf fiel, der erst sehr tief war, dann rastlos und fieberisch wurde. Sie selbst lag daneben auf dem Steinboden, zu besorgt um Lisutt, um das Nagen und Zehren des eignen Hungers zu spüren, aber schwach, mit flackernder Seele, bald in Träume, bald in Phantasien, bald in Betäubung hingerissen.
Sie hatte Lisutt vor sich, wie sie als Säugling mit zahnlosem Mündchen ausgesehen hatte, das begehrlich schnuppernd ihre Brust suchte, und dachte, wie göttlich es gewesen war, sich dem geliebten Geschöpf selber zu Speise zu geben. Dann dachte sie an die alte Resi, wie sie jetzt im Bett lag, klein, holzdürr und holzbraun, mit traurig verrunzeltem Gesicht, eine krumme, empfindungslose Hand, die man nicht anrühren konnte, ohne zu weinen, auf der sauberen Bettdecke.

Dann dachte sie an den hinkenden Klaus, der die weißen Stoppeln auf dem ledernen Gesicht hatte, wie er sich mit seinem Stumpf von der einen auf die andere Seite wälzte, ohne Schlaf zu finden, von stechenden Schmerzen und grämlichen Gedanken gepeinigt. Dann dachte sie an Brun, seinen reinen, festen Blick und sein unbeirrbares Herz und was er jetzt einsam und verschwiegen um sie leiden würde. Dann wieder dachte sie, daß alles das bald nichts mehr für sie bedeuten würde, wenn sie mit Lisutt in jenes Tal hinübergegangen wäre, wo die Welt jenseit aller Gedanken bliebe, und dies Bewußtsein durchdrang ihr auf Augenblicke Leib und Seele mit Entzückung wie ein berauschender Stoff; aber es wich sogleich einem krampfhaften Schauder und dem Gedanken, daß sie leichten Herzens alle Himmel hingeben würde, um noch einmal Lisutt in ein goldbraunes, knuspriges, wohlriechendes Brot beißen und essen sehen zu können. Zwischen allen diesen hastigen Vorstellungen hörte sie den Tod, der um den Turm herumjagte und sang: Zu mir, o Leben, zu mir komm! Lachendes, grollendes, klagendes, ewig schönes Leben, ich liebe dich! In Purpur und Flören und Fetzen, o Leben, liebe ich dich! Ich singe Nacht für Nacht unter deinem Fenster und erzittre, wenn du eine Rose von deinem Haupt auf meine Brust wirfst!

Daß Lux und ihr Kind in solcher Weise vernachlässigt wurden, hing folgendermaßen zusammen: der Bischof hatte Befehl gegeben, daß niemand sich in die Bewachung und Bedienung der Gefangenen einmische, die er sich selbst vorbehalten habe, aber es fügte sich, daß er sich länger, als er gemeint hatte, bei der Hermenegilde, der er eben an diesem Tage einen Besuch abstattete, verweilen mußte. Die Kammerfrau, die mit ihm im Einverständnis die Entfernung des Neugeborenen besorgt hatte, spiegelte der Wöchnerin vor, daß das Kind zur Schonung ihrer Gesundheit zunächst von ihr getrennt bleiben müsse, fand indessen damit wenig Anklang bei Hermenegilde, denn diese war jetzt durch und durch in Mutterliebe entbrannt, sprach von allen Männern ohne Ausnahme mit Geringschätzung, und es kostete die erdenklichste Mühe und Gewandtheit, um sie im Bette zu halten. Wonnebald litt an ihrer Seite scharfe Höllenpein sowohl durch die augenblicklichen Angriffe, mit denen Hermenegilde ihm zusetzte, wie durch die Angst vor der weiteren Entwicklung der Dinge und dachte zwischendurch mit Groll und manchem Seufzer an Lux, die wegen ihrer albernen Sprödigkeit schuld an dieser Not wäre.

Nichtsdestoweniger verharrte er in der Absicht, die Flucht der Gefangenen zu bewerkstelligen, und nachdem er am späten Nachmittag zurückgekehrt war und sich bei einer kräftigen Mahlzeit

von der Strapaze und Gemütsbewegung erholt hatte, schritt er zur Ausführung des Planes. Als er ins Freie trat, blies ihm der Wind so stark entgegen, daß er den Mantel, den er umgehängt hatte, fester zusammenfaßte und die Kapuze über den Kopf zog, worauf er entschlossen über den freien Platz eilte, der zwischen dem Hauptgebäude der Burg und dem Turme sich erstreckte.
Nun traf es sich, daß Lando, der schon seit einiger Zeit mit dem Vorsatz umging, die einst Geliebte, wenn auch nicht für sich zu befreien, worüber er mit dem Schicksal nicht mehr streiten wollte, wenigstens doch vor Schande und vielleicht gar gewaltsamem Tode zu bewahren, ebendieselbe Stunde wie der Bischof gewählt hatte, um das Rettungswerk zu verwirklichen. Er hatte, sowie Lux in den Turm geführt war, eingesehen, daß die Gelegenheit jetzt günstig wäre, sich Werkzeuge verschafft, um das Torschloß zu erbrechen, und sich dann in das leerstehende Häuschen des alten Bernkule begeben, um die Zeit bis zum Hereinbrechen der Dunkelheit mit wehmütigen Träumereien zu betrügen. Er setzte sich an das Fenster, wo Lux viele Male mit ihm gekost und geflüstert hatte, und versenkte sich in die Wonnen der Vergangenheit, bis ihn der brummende Schlag der Burguhr weckte und ermahnte, sein Vorhaben zu beginnen. Die Nacht war nicht so dunkel, wie er hätte wünschen mögen, allein es war rings kein

Mensch wahrzunehmen, und die Burg war unerleuchtet, wie wenn bereits alles schliefe. Gerührt und hingerissen von der Betrachtung, daß er das unglückliche Weib in kurzem wiedersehen würde, um sich sofort auf immer aus ihren Armen zu reißen, ging er mit verschlossenen Sinnen vorwärts, als er, eben der Pforte des Turms sich nähernd, einen Schritt hörte und in derselben Entfernung vom Turm, wie er selbst war, den Bischof erblickte, der gleichzeitig seiner gewahr wurde. Es schoß beiden eine Reihe von Empfindungen des Ärgers und der Eifersucht durch den Kopf, vor allem aber beherrschte einen jeden der Wunsch, er möchte vom andern nicht bemerkt worden sein, und obwohl dies dem Augenscheine nach durchaus unmöglich war, machten sie doch unwillkürlich eine Wendung von der Tür weg, so daß sie einander den Rücken zukehrten, und setzten eilig und beflissen ihre Wege in entgegengesetzter Richtung fort. Es konnte nun so scheinen, als ob sie, von den Reizen der Novembernacht angezogen, einen Spaziergang unternommen und dabei den Turm gestreift hätten, worauf sie nach einigen beliebigen Umwegen wieder unter das schützende Dach zurückgekehrt wären, was freilich in Wirklichkeit keiner vom andern glaubte. Sie hörten einander heimkommen und zu Bett gehen, und jeder horchte aufmerksam, ob sich noch etwas mit dem andern begäbe; auf diese

Weise verhielten sich beide still und wachsam, bis sie endlich über dem anhaltenden Aufmerken einschliefen. Es verstand sich von selbst, daß die Befreiung nunmehr bis zum nächsten Abend, wo das Dorf wieder in der Dunkelheit schlief, verschoben werden mußte, und inzwischen dachten Wonnebald und Lando darüber nach, unter was für einem Vorwande sie den andern zur betreffenden Stunde von der Burg entfernen könnten. Plötzlich indessen wurden sie durch ein überraschendes Ereignis von ihren Vorbereitungen abgelenkt: unangemeldet nämlich erschien der Erzbischof von Casalba auf der Burg, der nicht länger davon abstehen wollte, das Treiben seines Neffen sowohl wie des Bischofs durch eigne Anschauung zu untersuchen. Dem Bischof, der den Tag übellaunig begonnen hatte, kam die Zerstreuung erwünscht, und er ließ köstlich auftischen; aber Giselbert frühstückte mäßig und schnell und ging sogleich zur Besprechung der vorliegenden Angelegenheiten über, zunächst des Hexenprozesses, den er für ein anstößiges und bedenkliches Gemächte erklärte. Wonnebald brachte manches vor über die Gefahren des Zauberns, über die Neigungen und Gewohnheiten des Teufels und über Kobolde und Gespenster im allgemeinen, worüber es dem Erzbischof heiß und absonderlich zumute wurde, da er es für nichts andres als den Ausfluß blöden Aberglaubens halten konnte.

Es schwante ihm, daß er Pück seinerzeit nicht treffend eingeschätzt und nicht an den rechten Platz gestellt habe, und er sagte sich, daß es jetzt an ihm sei, den verfahrenen Karren, wenn irgend möglich, ohne Lärm und Aufhebens aus dem Sumpfe zu heben. Darum ließ er die Frage selbst unerörtert und sagte nur, daß man auch die beste Sache nicht in schroffer Weise und bis zum Äußersten führen dürfe, daß Formen veralteten und daß es wesentlich sei, nicht zum Trotz der allgemeinen Meinung an solchen festzuhalten, schließlich, daß man es aufgeben müsse, mittelalterlichen Brauch und Glauben bis aufs letzte Tüpfel wieder lebendig machen zu wollen. Wonnebald war schlau genug, die Meinung des Erzbischofs herauszuwittern, und beeilte sich, zu versichern, daß er ebenso denke, aber einer Partei habe nachgeben müssen, die im Lande mächtig sei und an deren Spitze der Medizinalrat von Boll stehe. Dieser sei ein fanatischer und blutdürstiger Charakter und würde ganz anders gewütet haben, wenn er, der Bischof, ihn nicht einigermaßen im Zaume gehalten hätte; auch hätte er bereits daran gedacht, die Zauberin entweichen zu lassen, damit der Prozeß hängenbleibe und die böse Sache im Sande verlaufen könne. Damit erklärte sich der Erzbischof einverstanden, nur müsse vermieden werden, sagte er, daß Lando der Person wieder in die Arme liefe, den sie in der Tat und Wahrheit verzaubert zu haben scheine.

Er fand jedoch Lando, den er nun zu sich beschied, ruhiger und zugänglicher, als er sich nach seinem Briefe vorgestellt hatte: bei allen Anzeichen äußerster Melancholie und Hoffnungslosigkeit zeigte er sich doch willig, nicht nur auf die Geliebte zu verzichten, sondern auch dem Oheim in seine Residenz zu folgen, vielleicht sogar die ihm zugedachte Braut zu heiraten, die Giselbert ihm als krank vor Sehnsucht und mit mädchenhafter Scham verhülltem Kummer überaus anziehend schilderte. Mit feucht umflorten Augen und tiefer als sonst herabhängender Unterlippe versprach er dem Erzbischof, sich seinen Wünschen fügen zu wollen, da er sowieso den Möglichkeiten des Lebens nichts mehr nachfrage, wenn ihm dagegen verbürgt würde, daß die Geliebte ungekränkt entfliehen und ihr ferner nicht nachgestellt werden solle, worauf der Erzbischof nach einigem gespielten Bedenken und Zögern einging. Er streichelte seinen Neffen zärtlich und fing, um ihn zu zerstreuen, ein Gespräch über die Torheiten des Bischofs an, worauf Lando lustiger und gesprächiger wurde, freilich ohne seine Schwermut abzulegen, so daß auf dem schwarzen Grunde seine frechen Witze desto blendender funkelten.

Nachdem es beschlossene Sache war, daß Lux entfliehen sollte, überlegte sich der Erzbischof, daß es weiser wäre, anstatt Wonnebald oder Lando mit der Ausführung des Werkes zu betrauen, die Sache selbst in die Hand zu nehmen, wodurch zugleich eine gewisse Neugierde, die er empfand, befriedigt werden würde. Da es infolge seiner Frage, wer die Aufsicht und Verpflegung der Gefangenen im Turme besorgt hätte, herauskam, daß sie nicht nur am laufenden, sondern auch am vorigen Tage ohne Nahrung geblieben waren, erklärte der Erzbischof, nun nicht bis zum Untergange der Sonne warten zu wollen, bis er hinüberginge, besonders weil es sich um ein kleines Kind handle, das einer solchen Entbehrung leicht erliegen könne. Die Bestürzung Wonnebalds zeigte deutlich an, daß dem Versehen nicht mörderische Absicht, sondern Vergeßlichkeit zugrunde lag, weshalb es der Erzbischof bei einem kurzen, scharfen Fluch, der in vornehmen Kreisen gebräuchlich war, bewenden ließ und schnell von der bischöflichen Tafel Fleisch, Brot, Leckereien, Obst und Wein zusammenraffte und in einen Korb packte, um ihn den Darbenden zu bringen.

Der Aufstieg der steilen Treppe nahm ihm den Atem, so daß er mehrere Male keuchend stehenbleiben mußte; doch beschleunigte er die Schritte immer wieder, so gut er konnte. Beim Eintritt in das Turmstübchen sah er sogleich die Frau und das Kind allem Anschein nach bewußtlos auf dem Boden liegen; doch richtete sich Lux ein wenig auf und sah ihn aus tief umschatteten Augen so traurig an, daß sich sein Herz vor Mitleid und Grauen zusammenzog. Er kniete schnell neben ihr nieder und setzte die Weinflasche an ihre Lippen, indem er sie mit dem Arm unterstützte; erst als sie getrunken hatte, bemerkte er, daß ihr Hemd offen stand und Hals und Brust sehen ließ, und das Blut stieg ihm langsam in die zarten, verwelkten Wangen. Schleunig beugte er sich über das Kind, das still mit halb offenen Augen dalag und über dessen Körper dann und wann ein kleines Zucken lief, rieb seine Schläfen mit Wein und versuchte, einige Tropfen in das offene Mündchen fließen zu lassen, während welcher Bemühungen Lux anfing zu weinen, und je eifriger er sich bemühte, desto leidenschaftlicher schluchzte. Allgemach belebte sich Lisutt und konnte dazu gebracht werden, daß sie ein wenig Brot und Fleisch aß, worauf sie sich zusehends erholte, ihre Mutter und den fremden Mann betrachtete und diesen mit freundlich ernstem Blick und zutraulichem Nicken fragte: »Bist du der Himmelvater?« Dem Erzbischof kamen Tränen in die Augen, und er bückte sich ein wenig, um eine von den kältestarren Händen der Kleinen zu ergreifen und sie an sein Gesicht zu drücken, was sie sich feierlich froh gefallen ließ.

Während Giselbert Geld zwischen die Lebensmittel im Korbe versteckte, Lux Anweisungen gab, welchen Weg sie einschlagen und wohin sie sich wenden sollte, dann wieder Lisutt vorsichtig mit kleinen Bissen fütterte, war es Abend geworden, und er mahnte zum eiligen Aufbruch. Auf der Treppe jedoch gab es einen Aufenthalt: denn unten war Brun, der, obwohl er sich kaum auf den Beinen halten konnte, als er seine Mutter herunterkommen hörte, ihr entgegenging und an ihren Knien zusammenbrach. Es stellte sich heraus, daß er, sowie Lux in den Turm geführt worden war, sich dorthin geschlichen und in dem Gebüsch, das ihn umgab, versteckt gehalten hatte, in der Hoffnung, bei irgendeiner Gelegenheit hineinschlüpfen zu können, jedenfalls aber ihre Gefangenschaft freiwillig zu teilen und, wenn auch von ihr ungesehen und ungeahnt, ihr nah zu sein. Nachdem er mit Essen und Trinken ein wenig gestärkt war, verlangte er Lisutt zu tragen, mußte sich aber mit dem Korbe begnügen, da Lux die Kleine nicht aus den Armen lassen wollte. Der Erzbischof sah den dreien nach, wie sie sich den schlängelnden Pfad des Burghügels hinunterbewegten, bald verschwindend, bald von neuem auftauchend, bis er sie nicht mehr erkennen konnte, und ging dann langsam ins Haus zurück.

Am Kopfe der Brücke, die unweit des Wassersturzes über den Strom führte, hatte sich Lando aufgestellt, um Lux, wenn sie hinüberginge, das letzte Mal zu sehen, ihr Lebewohl zu sagen und vielleicht noch einmal ihre Hand zu drücken und ihren Mund zu küssen. Er wartete mit klopfendem Herzen und in prickelnder Erregung, die ebenso lieblich wie peinlich war; allein als er sie kommen sah, in einer Bewegung, wie ein Sturmvogel leicht und kräftig durch milde, nasse Luft schneidet, das helle Gesicht dem kalten, schwarzen Himmel, die Augen dem gegenüberliegenden Berge zugewendet, empfand er plötzlich bitteres Weh im Herzen und weinte verstohlen auf den hölzernen Pfosten, an den er sich so dicht preßte, als ob er eins mit ihm wäre. Lux hätte ihn ohnehin nicht gesehen, oder wenn sie ihn gesehen hätte, nicht erkannt oder nicht beachtet; nichts war da für sie, außer sie selbst und die beiden getreuen kleinen Wesen, die sie nah bei sich fühlte, miteinander getragen und gehalten von der Erde und der Luft und dem Wasser, die sie rauschend, atmend, zitternd, wissend umgaben. Eben als sie über die Brücke gingen, erwachte Lisutt, vielleicht durch das Dröhnen des Wassers, und sagte verschlafen, indem sie, wie es ihre Gewohnheit war, ihr weiches Gesicht mit der kalten Nase in den Hals ihrer Mutter grub: »Du riechst gut!« worauf sie sofort wieder einschlief. Es kam Lux eine unwiderstehliche Lust an zu lachen, daß es von dem breiten Bergrücken widerhallte, die Frostluft über dem winterlich schlafenden Dorfe durch lautes, jauchzendes Geschrei zu erschüttern; aber sie hielt an sich und drückte nur Bruns magere Hand und Lisutts leise schmorenden Körper fester.

Die Einwohnerschaft von Klus war noch in Aufregung über die Flucht des Schermäusers, welche offenbar durch Magie oder schwarze Kunst war bewerkstelligt worden, als eine weit ärgere Neuigkeit laut wurde: die Stiftsdame Hermenegilde nämlich, die inzwischen der Beseitigung ihres Kindes auf die Spur gekommen war, erschien auf dem Rathause und rief den Bischof als ruchlosen Bösewicht aus, der nicht nur der Millionenmaria die Krone gestohlen, sondern dazu noch einen Unschuldigen des Verbrechens bezichtigt habe. Um ihre Aussage gehörig zu bekräftigen, wies sie eine Handvoll Rubine, Saphire und andrer Edelsteine vor, die er ihr geschenkt habe und die allerdings als zu dem vermißten Heiligtume gehörig erkannt wurden. Das Diadem selbst, sagte Hermenegilde, würde sich zweifelsohne im Besitze des Bischofs finden, der sich ohne Erröten als Entwender desselben ihr gegenüber bekannt habe, und auf Befragen, warum sie sich zur Hehlerin eines solchen Frevels gemacht habe, gab sie an, daß in ihrer Brust ein langes Kämpfen verschiedener Pflichtgefühle, als der Rücksicht gegen ein hohes geistliches Haupt und den Bischof, ihren Beichtvater, insbesondere, der Wahrheitsliebe, der Nächstenliebe und mehr dergleichen stattgefunden und daß eben jetzt das Mitleid mit dem fälschlich Beklagten, von dessen Flucht sie noch nichts gewußt hätte, gesiegt habe.

Diese Aussage der von Mutterliebe und Rachsucht gestachelten Hermenegilde setzte die Justiz von Klus in unerträgliche Verlegenheit, und sie hätten die peinliche Angelegenheit vielleicht vertuscht, wenn nicht einige Herren darunter gewesen wären, die, scharf und scheel, immer bei der Hand waren, wenn es galt, der Geistlichkeit etwas aufzumutzen, und wenn die Stiftsdame nicht bereits wie eine gackernde Henne von Haus zu Haus gegangen wäre, um ihr faules Geheimnis in jedes offene Ohr zu legen.

Es wäre nicht unnatürlich gewesen, wenn der Bischof, durch das rasch verbreitete Geschwätz gewarnt, die verräterische Krone auf die Seite gebracht hätte, bevor eine Untersuchung in Gang kam; aber er war an diesem Tag abwesend, weil er den Erzbischof in seiner großen Kutsche bis zur nächsten Eisenbahnstation begleiten mußte, die mehrere Stunden weit entfernt lag, und kam erst zurück, als sich bereits einige Gerichtsbeamte in seiner Wohnung festgesetzt hatten, um sie nach dem heiligen Gegenstande zu durchstöbern.

Wonnebald war zu überrascht, um seinen Schrecken verhehlen zu können, und warf sich laut ächzend in einen Sessel, von dem aus er die Nichtswürdigkeit der Hermenegilde verwünschte, die es nicht für zu entmenscht hielte, einen treuen Freund, Vater, Berater und Seelsorger öffentlicher Schande preiszugeben. Die Herren hörten diese Klage achtungsvoll im Hintergrunde mit an, wagten aber endlich, sie durch die Bitte um Schlüssel zu unterbrechen, mit denen sie die Kasten, Schränke und Türen öffnen könnten, worauf Wonnebald mit müder Handbewegung auf eine silberne Truhe deutete, in der sich ein Schlüsselbund befand. Während sie damit hantierten, fuhr er fort zu jammern, daß er schon am vergangenen Tage durch den Besuch des Erzbischofs aus seinen Gewohnheiten herausgerissen sei, daß er in aller Frühe habe aufstehen müssen, um im Wagen Knochen und Eingeweide durcheinandergeschüttelt zu bekommen, daß man ihm in der Bahnhofswirtschaft ein Huhn vorgesetzt habe, das fader als gekochtes Kalb gewesen sei, und einen Wein, der wie Blausäure und Essig geschmeckt habe, daß er keine Mittagsruhe habe halten können und daß er nun, da er gehofft habe, sich endlich wiederherstellen zu können, in eine solche Wirtschaft gerate, so daß er sich in Wahrheit einen großen Märtyrer und Leidensgenossen nennen dürfe.

Unterdessen war die Messingkrone in einem Ofenloch gefunden worden, das Wonnebald im Laufe des Sommers als Rumpelkammer zu benutzen pflegte und das zufällig noch nicht gebraucht war, und die Herren entfernten sich, indem sie dem Bischof höflich empfahlen, die Burg nicht zu verlassen, deren Ausgänge übrigens mit Polizeisoldaten besetzt wurden. Wonnebald atmete auf, als die Störenfriede sich entfernt hatten, und da er der Meinung war, es würde töricht sein, nachdem das Schicksal ihn dermaßen gepeinigt habe, sich freiwillig weiter zu kreuzigen, ließ er sich eine auserlesene Abendmahlzeit auftragen und schlief gut gesättigt bis in den lichten Morgen. Es zeigte sich, daß dies eine glückliche Maßregel gewesen war, denn während er bei frischen Kräften den Morgenkaffee zu sich nahm, kam ihm ein vortrefflicher Einfall, mit dessen Hilfe er sich aus dem Netz zu ziehen hoffte, das man ihm umgeworfen hatte. Bald darauf wurde er im Wagen abgeholt, um auf das Rathaus geführt zu werden, was nur langsam vonstatten ging, da brüllendes Volk das Gefährt umdrängte, um ihn zu beschimpfen und womöglich zu ermorden, der, ohne seine Furcht merken zu lassen, die Menge mit milder Gebärde durch das verschlossene Fenster segnete.

Die Entrüstung über die offenbare Schandtat des Bischofs war ohne Maß. In Hinsicht der Art, sie aufzufassen, bildeten sich zwei Parteien, von denen die eine glaubte, er habe mit dem Schermäuser unter einer Decke gespielt, ihm nur zum Schein den Prozeß gemacht und schließlich zur Flucht verholfen, während die andre behauptete, der Jüngling sei unschuldig gewesen und als Opfer des Bischofs zu betrachten, der ihm das eigne Verbrechen aufgehalst habe. Das Ergebnis war bei beiden Parteien das gleiche, nämlich, daß der Bischof ein fluchwürdiger Charakter und Wolf im Schafspelze wäre, für den keine der gewöhnlichen Strafen, sei es Hängen oder Halsabschneiden, hinreichend wäre. Niemand war so erbost wie der Medizinalrat, der, während einige darauf bestanden, dem Bischof von Anfang an mißtraut und den jugendlichen Maulwurffänger im Herzen bemitleidet zu haben, frei bekannte, daß er sich habe täuschen lassen und sich dessen nicht schäme, da es dem schwarzen Herzen ein leichtes sei, die Reinen zu betrügen. Ein Lamm, das in den Mist falle, sagte er, bleibe noch unter dem Unflat ein unschuldiges, weißes Lamm, und so sei es mit der Kirche, die aller Unflat, mit dem niederträchtige Diener sie beschmutzten, nicht entstellen könne; freilich gäbe es schwache Seelen, die sich durch solchen zufälligen Schmutz irremachen ließen, und darum seien die Urheber des Unflats die gottlosesten unter den Sündern und müßten auf langsamem Feuer geröstet oder mit glühenden Zangen gezwickt und zerrissen werden.

Der Bischof hatte in einem kleinen Saale, wo man ihn warten ließ, Muße, sich zu sammeln, und erschien in würdevoller Fassung vor den düsterblickenden Herren, die seine Aussage protokollieren sollten. Er blickte still und rätselhaft über ihre Köpfe weg, während sie ihm vorlasen, aus was für einem Grunde er verhaftet wäre, und entgegnete auf ihre förmliche Aufforderung, er könne sich wohl verantworten, wolle es aber an keiner andern Stelle tun als in seiner Kirche und vor seinem Volke, welches ein Recht darauf habe, die Wahrheit aus dem eignen Munde seines Hirten zu vernehmen. Einer der Herren, welche Kirchenfeinde waren, erwiderte unwirsch, das sei ungesetzlicher Firlefanz und könne nicht gestattet werden; da aber der Bischof, immer noch still über die Köpfe wegblickend, erklärte, er sei mit allem zufrieden, was ihm auferlegt würde, und könne schweigen, bis es Gott gefalle, ihren Willen umzuwenden, entschied die Mehrheit, daß ihm willfahrt werden solle, und es wurde bekanntgemacht, daß der Bischof in der Kirche vor allen, die es hören wollten, sich wegen der gegen ihn vorliegenden Beschuldigung verantworten würde.

Es wirkte auf das Gemüt eines jeden versöhnend, daß der Bischof auch ihm das Bekenntnis seiner Schuld oder Unschuld ablegen wolle, und keiner dachte daran, sich seinem Wunsche zu versagen, so daß die Wallfahrt den Burghügel hinan kein Ende nahm und nicht nur die Kirchenschiffe, sondern auch die anstoßenden Räumlichkeiten von tiefbewegten Christen voll wurden. Der Bischof hatte bis zur festgesetzten Stunde im Rathaus verbleiben müssen, doch hatte man ihm auf sein Verlangen sein veilchenfarbiges Prachtgewand geholt, mit welchem bekleidet er dann glanzvoll aus einer Seitenkapelle in die Kirche hereinbrach. Kaum erschienen, tauchte er wiederum vor einem halbverborgenen Altare unter und kauerte dort eine Viertelstunde in augenscheinlichem Gebete, während welcher Zeit die Menge in andächtigem Schweigen verharrte und die wenigen, die vorlaut pfeifen wollten, murrend zur Ruhe verwies. Nach Beendigung des stillen Gebets bestieg der Bischof eine niedrige Kanzel, welche mehr zur Zierde als zum Gebrauch da war, betete nochmals mit aufgehobenen Händen lautlos und begann nach diesen Vorbereitungen eine Rede, in welcher er sich etwa folgendermaßen verbreitete:

»Ach, wie veränderlich ist die Zeit! Ach, wie wechseln Glück und Unglück im verschlungenen Reigen! Hier, wo ich als euer Hirt und Vater stand und euch segnete, stehe ich jetzt wie ein armer Sünder, wessen angeklagt? Gestohlen soll ich haben wie ein Räuber! Meine Kirche soll ich beraubt haben wie ein wütender Skorpion, der den eignen Schwanz frißt! Ihr Kleingläubigen, ihr seid schuld, daß ich meine Zunge entsiegeln, meine Seele entblößen und schamrot werden muß. Hört, was sich an jenem gebenedeiten Tage begeben hat, den ihr für einen Tag des Diebstahls und der Schande haltet.

Eine lange Nacht durch hatte ich schlaflos mit Zweifeln gekämpft, wie ich oft zu tun pflege, ob ich Wurm vor Gott würdig sei, die Herde der Menschen mit geistlichem Stabe zu lenken, und unter vielem Tränenvergießen und Händeringen forschte ich in mir nach den Tugenden des vollkommenen Christen. Hast du, fragte ich mich, alle zehn Gebote gehalten? Hast du deinen Nächsten wie dich selber geliebt? Wie ist es mit der Reue? Wie ist es mit der Buße? und so weiter und weiter, bis mir der Schweiß von den Schläfen tropfte und ich zu ersticken glaubte, weswegen ich vom Bett aufstand und mich in die Kirche begab, um Gott als Schiedsrichter zwischen mir und meinem Gewissen anzurufen.

Als ich an der Kapelle der himmlischen Mutter vorüberkam, zog es mich wundersam, daß ich nicht unterlassen konnte, vor der fürbittenden Jungfrau niederzuknieen, und heftig betete, sie möchte mir ein Zeichen geben, ob ich des hohen Amtes, das ich bekleide, würdig sei. Nicht lange hatte ich in solcher Weise gebetet und geweint, als sie plötzlich den hochheiligen Arm bewegte, an ihre Krone langte, sie lüftete und mir armen Sünder auf den gebückten Kopf setzte. Ich jauchzte und triumphierte nicht, sondern schauderte, als ob das Heiligtum mich zermalmen sollte! O der Gnade! O der unverdienten Gnade! Ferne sei es von mir, so dachte ich, mit der Gunst Gottes wie

mit einem Orden zu prahlen! Ich verbarg die Himmelsgabe und begoß sie stündlich mit inbrünstigen Tränen, wobei ich bereits am folgenden Tage entdeckte, daß die beiden größten Steine, die das weihevolle Diadem zierten, entwendet worden waren. Nachdem ich für die Seele des Diebes gebetet hatte, nahm ich, um nicht noch ein irrendes Schaf in Versuchung zu führen, sämtliche übriggebliebene Edelsteine und händigte sie der Stiftsdame Hermenegilde ein, damit sie aus dem Erlös die Nackten kleide und die Hungernden speise, ihr, die mich heute mit falscher Zunge zu durchbohren sucht.
Teure Gemeinde, glaubst du ihr oder mir? Glaubst du, ich könnte im Hause Gottes lügen? Würde mich nicht auf der Stelle sein Blitz zerschmettern, wenn ich lästerte? Aber tut mit mir, was ihr wollt; konnte die Mutter Gottes den Arm heben, um mir die Krone aufzusetzen, wird Gott sich nicht minder regen können, um mich mitten aus brennendem Feuer oder aus kochendem Öl herauszuholen.«

Nach einigen andern prahlerischen Redensarten dieser Art beendete der Bischof seine Rede, die er durch gewaltige Gebärden ausgeschmückt und dann und wann durch lautes Weinen unterbrochen hatte, worin das Volk andächtig einstimmte, so daß ein hörbares Schluchzen und Glucksen durch die Kirche rauschte. Viele von den Anwesenden fielen vor Inbrunst auf die Kniee und bekreuzten sich eifrig, und als Wonnebald von der Kanzel herunterkam, rutschten sie zu ihm hin, küßten sein Gewand und baten um seinen Segen, den er rüstig und flink aus dem Handgelenk, wie es seine Art war, rechts und links austeilte. In der Meinung, durch die Stimme des Volkes von jedem Verdachte freigesprochen zu sein, begab sich der Bischof sogleich durch einen zu seiner Wohnung gehörenden Gang nach Hause, woran ihn auch niemand hinderte, da ein solcher ohne Zweifel durch die begeisterte Volksmenge in Stücke zerrissen worden wäre.

Die Gebildeten waren keineswegs von der Wirklichkeit des geschilderten Wunders überzeugt, aber durch das schwungvolle Benehmen des Bischofs einigermaßen in Verwirrung gesetzt und warfen einander stillschweigende Blicke zu, die ebensowohl nachdenkliche Rührung über einen solchen Beweis von Übernatürlichkeit wie Erstaunen über die Unverschämtheit des Schwindels bedeuten konnten. Da sich indessen ein fortwährend wachsendes Glaubensfeuer im Volke offenbarte, hielten es die meisten für ratsam, keine dem Gottesliebling nachteilige Äußerung laut werden zu lassen, besonders nachdem der Medizinalrat wiederum bewiesen hatte, wie schön auch dem Manne frommer Kindersinn anstehen könne.

Diese feurige Natur nämlich entbrannte bei Enthüllung der bischöflichen Makellosigkeit und seiner überirdischen Krönung sofort in andächtigem Eifer und beanspruchte für sich nur den Ruhm, vor aller Welt zum Besten der Kirche von dem stattgehabten Wunder Zeugnis abzulegen.

Gab es ein Herz, das noch mehr als das seine durch den Einblick in ein auserwähltes Gemüt war entflammt worden, so war es das der Stiftsdame Hermenegilde, deren Gefühl plötzlich einen neuen Umschwung, von der Mutterliebe zur Gottesminne, nahm. Die Erkenntnis, aus selbstsüchtiger Rache einen hochehrwürdigen und geradezu heiligen Manne beinahe ins Verderben gestürzt zu haben, erfüllte sie mit Reue und Sehnsucht, so daß sie sich dem Angebeteten schon in der Kirche zu Füßen geworfen hätte, wenn das Gedränge um seine Person nicht zu groß gewesen wäre. Schmelzend vor Zerknirschung suchte sie in seine Wohnung vorzudringen, allein ungeachtet ihrer demütigen Versicherung blieb Wonnebald taub, freilich nicht ohne eine künftig wiederkehrende Gnadenzeit in tröstliche Aussicht zu stellen.

Als dem Erzbischof das Gerücht sowohl der gegen den Bischof erhobenen Anklage wie seiner Verantwortung zu Ohren kam, seufzte er mehrere Male und verwünschte im Innern Wonnebald und denjenigen, der ihm zum ersten Mal seinen Namen genannt hatte. Am meisten plagte ihn der

Ärger über sich selbst, daß er sich in der Beurteilung und Behandlung des Menschen so arg vergriffen habe, indessen auf einem Spaziergang, den er nach vollbrachten Tagesgeschäften unternahm, beruhigte er sich ein wenig durch die Betrachtung, daß ihn eine solche Erfahrung vielleicht vor Selbstüberhebung schützen sollte, daß außerdem Dummheit und Dreistigkeit zuweilen das beste Echo aus der Welt herauslockten und also auch diesmal vielleicht die Spitzbüberei des Bischofs der Kirche mehr zum Nutzen als zum Schaden gereiche. Vollends als an den folgenden Tagen Nachrichten einliefen, wie sich infolge des Wunders das kirchliche Leben in Klus verdoppelt und verklärt habe, ertappte er sich des öfteren bei einem unwillkürlichen Lächeln und machte sich selbst das Zugeständnis, daß er mit Wonnebald zwar viel gewagt, aber am Ende denn doch das Richtige getroffen habe. Zwar entsprach es seinem Geschmack, sich persönlich so wenig wie möglich mit dem wundertätigen Benehmen der Millionenmutter einzulassen, doch unternahm er auch nichts dagegen und ließ der Begeisterung ihren Lauf, und wenn er es nicht umgehen konnte, sich darüber zu äußern, tat er es vorsichtig und in feinen Wendungen, wie daß bei Gott kein Ding unmöglich sei oder daß für den Gläubigen jedes Wunder wirklich sei und ihm von niemand bestritten werden dürfe noch könne.

Mochten den Papst ähnliche Betrachtungen leiten, oder war ihm das Wunder von Klus durch so feurige Zungen geschildert worden, daß das Unkraut des Zweifels dabei nicht aufgehen konnte, kurz, er beschloß, den Bischof durch Überreichung der Tugendrose auszuzeichnen, was denn freilich auch, nachdem die Mutter Gottes sich zu seinen Gunsten ihrer eignen, kostbaren Kopfbedeckung entäußert hatte, nicht anders als billig genannt werden konnte. Hierdurch wurde das Wunder erst eigentlich beglaubigt, und seit die Nachricht von der bevorstehenden Verleihung sich verbreitete, fingen auch die besseren Kreise an, ihre Ehrfurcht vor dem Bischof lauter zu äußern, und wo etwa noch zerstreute Gedanken den mystischen Vorfall unschlüssig und makelsüchtig umschwirrt hatten, lösten sich diese nunmehr gänzlich auf wie Nebelgebräu vor der triumphierenden Tagessonne.

Der geistliche Kammerherr, der dem Bischof die goldene Rose zu überbringen hatte, glaubte weder an Gott noch an die Heiligen, noch an sonst etwas und konnte sich nichts andres vorstellen, als daß der Kluser Bischof ein Mann von feinster Klugheit und Überlegenheit sein müsse, daß er den Leuten eine so abgeschmackte Wundergeschichte habe eingeben und verdaulich machen können. Er selbst war in der diplomatischen und schriftstellerischen Laufbahn zu einem großen

Ansehen gelangt, niemals aber hatte er sich in den Geruch der Frömmigkeit bringen können und bewunderte deshalb nichts so sehr wie die Hinterlist und Gaukelkunst, vermöge der es einem gelang, die Rolle des Gottesmannes zu spielen. Der Bischof feierte nach seiner Weise die Anwesenheit des päpstlichen Gesandten durch ein prächtiges Mahl in seiner Burg, wobei alle Kunstwerke und Erzeugnisse des Gewerbes als Bilder, Statuen, Gläser, Schüsseln und Silberzeug, zur Ausstellung gebracht worden waren, so daß man nicht wußte, wohin man blicken und was man kosten sollte. Es war auch um diese Zeit der Justizrat Schimmelmann von seiner Reise zurückgekehrt und zum Feste eingeladen, das er durch geistreiche Erzählungen und vieldeutige Witze aufs anmutigste belebte. Wonnebald aß und trank mit Lust und ließ es an geeigneter Stelle nicht an einem munteren Ausruf fehlen, meistens aber schwieg er mit beifälliger Herablassung, denn er hatte sich mittlerweile daran gewöhnt, das Lamm Gottes darzustellen, und träufelte nur von Zeit zu Zeit, wie wenn er nicht anders könnte, etwas Salbungsvolles und Erbauliches ins Gespräch. Der Überbringer der Rose beobachtete den durchtriebenen Ränkeschmied, als den er den Bischof ansah, neidvoll bescheiden, behandelte ihn mit Ehrerbietung und hinterbrachte dem Papste einen über alle Maßen günstigen, fast begeisterten

Bericht über den erleuchteten Betrieb des Pückschen Bischofssitzes.

Indessen bekam Wonnebald die Mahlzeit, die er beim Rosenfeste zu sich genommen hatte, schlecht; was erst nur eine leichte Störung in den verdauenden Organen zu sein schien, erwies sich als tückische Krankheit, die den prangenden Körper in wenigen Tagen zerstörte und als Leiche zurückließ. So unerwünscht dies jähe Sterben dem Bischof sein mochte, der sein Dasein so geschickt und fröhlich zu benutzen verstand, so gewinnbringend war es für sein Gedächtnis, das sich nun an den glorwürdigsten Punkt seiner Laufbahn anknüpfen mußte. Das Trauergepränge dauerte mehrere Tage, und während derselben verbreitete sich das Gespräch häufig um die Frage, wie man den Verblichenen geziemend und dauerhaft ehren könne, sei es durch ein Denkmal oder eine beschreibende Darstellung seines Lebenswandels, was aber alles dem allgemeinen Gefühl noch nicht Genüge tat. Da nun im Reden der Bevölkerung sowie in dem Nachruf, den der Medizinalrat zum Andenken Wonnebalds in den Zeitungen drucken ließ, derselbe beiläufig als ein heiliger Mann war bezeichnet worden, kam man von selbst dazu, ohne daß ein bestimmter Urheber des Gedankens hätte genannt werden können, an die Heiligsprechung des Bischofs zu denken und ebendiese als die passendste Würdigung seiner

Verdienste anzusehen. Die hohen Verbindungen des Medizinalrats ermöglichten es ihm, den Plan als einstimmigen Wunsch der Kluser Bevölkerung zu Ohren des Papstes zu bringen, der, obwohl er von allen Seiten nur das Beste über den Pückschen Lebenswandel gehört hatte, sich doch vorsichtig in einer so wichtigen Angelegenheit zurückhielt. Wie ausdrücklich sich auch die göttliche Meinung durch Aufsetzen der Marienkrone für den Bischof ausgesprochen hatte, schien es vom Standpunkte des nicht allwissenden Menschen doch geboten, die Lebensführung des Kandidaten Punkt für Punkt gleichsam wissenschaftlich, auf seine Heiligkeit hin zu untersuchen, wodurch sich denn freilich auch seine unbedingtesten Verehrer zunächst in eine gewisse Verlegenheit versetzt fanden. Bei näherem Bedenken indessen sagten sie sich, daß, wenn Wonnebald auch nicht in Höhlen gelebt, noch sich ausschließlich vom Tau des Himmels oder durch Berührung der Hostie ernährt, noch überhaupt in dieser gewissermaßen älteren Richtung Löbliches und Wunderwürdiges vollbracht habe, er hingegen die Tugenden der Demut und Einfalt, welche die eigentlich christlichen seien, bis zum äußersten getrieben habe, wie er denn die von Gott empfangene Auszeichnung vor jedermann verheimlicht habe und bis zum Ende haben würde, wenn ihn nicht die Verleumdung der Bösen zur

Mitteilung gezwungen hätte. Er hätte, sagten sie, ohne sich je der Wissenschaft zu bedienen, die so oft die Feindin des echten Glaubens sei, eine hohe kirchliche Würde erlangt, von innen erleuchtet oder durch Eingebung von oben zur Verwaltung eines so schweren Amtes befähigt. Immer mehr im frommen Eifer sich erhitzend, fügten diese Sachwalter des Bischofs hinzu, daß, wenn nicht mehr oder überhaupt gar keine staunenswerten Taten von ihm bekannt seien, dies sich eben von seiner vollkommenen Demut herschreibe, mit der verglichen die meisten Heiligen, von denen die Geschichte wisse, unchristlicher Ruhmsucht gefrönt hätten.

Diese nachdrücklichen Begründungen konnten in harmonischer Weise durch ebenso bedeutende materielle Kräfte unterstützt werden, was bei den großen Kosten, die die Heiligsprechung mit sich bringt, nicht gering anzuschlagen war. Ein glücklicher Einfall erinnerte die Unternehmer an die Marienkrone, die, nachdem sie aus dem Ofenloche des Bischofs ans Licht gefördert, mit Beschlag belegt war und sich nebst sämtlichen dazugehörigen Edelsteinen noch immer in gerichtlicher Verwahrung befand und deren Geldwert hinreichte, um die Vollziehung des großen Geschäftes daraus zu bestreiten. Es hatte zwar die Absicht bestanden, der Gottesmutter ihre Krone zurückzugeben, doch ließ sich dagegen einwenden, daß sie dieselbe freiwillig und vermutlich aus guten Gründen an Wonnebald abgetreten habe und daß man in ihrem Sinne handle, wenn man sie zur Erhöhung und ewigen Krönung seiner Person nutzbar mache.

Die Bevölkerung von Klus hatte die Sache ihres Bischofs während der Entwicklung der Dinge völlig zu ihrer eignen gemacht und sah in der Verzögerung eine ihr angetane Kränkung, woraus denn wiederum geschlossen werden konnte, was für ein dringendes Bedürfnis die Anbetung des Wonnebald im Volke sei. In Erwägung aller dieser Umstände zeigte sich der päpstliche Rat endlich geneigt, und die Einreihung des Bischofs in die Schar der Heiligen fand unter den üblichen Zeremonien zu vollkommener Befriedigung der Kluser Frommen statt. Das Bild Pücks wurde in der Burgkirche aufgehängt, mit nach oben gedrehten Augen, von wo eine Hand im Begriff war, das bekannte Diadem herunterzulassen, kunstlos gemalt, aber der andächtigen Gemeinde durch Vergegenwärtigung der seligen Gesichtszüge erbaulich. Auch der Erzbischof von Casalba, der an gewissen Festtagen in der Kluser Kirche einen Gottesdienst abhielt, verweilte gern einige Augenblicke vor dem Bilde und beglückwünschte mit gedankenvollem Lächeln sich und die Menschheit über den zeitigen Tod des Bischofs, da, wenn er länger gelebt und seine Laufbahn so schleunig wie bisher fortgesetzt hätte, die Kirche schließlich gezwungen gewesen wäre, ihn zum Herrgott zu machen, um ihn seinen Verdiensten und dem allgemeinen Bedürfnis entsprechend weiter zu befördern.

Bibliothek Suhrkamp

Verzeichnis der letzten Nummern

764 Machado de Assis, Quincas Borba
765 Carlos Drummond de Andrade, Gedichte
766 Edmond Jabès, Es nimmt seinen Lauf
767 Thomas Bernhard, Am Ziel
768 Ödön von Horváth, Mord in der Mohrengasse / Revolte auf Côte 3018
769 Thomas Bernhard, Ave Vergil
770 Thomas Bernhard, Der Stimmenimitator
771 Albert Camus, Die Pest
772 Norbert Elias, Über die Einsamkeit der Sterbenden in unseren Tagen
773 Peter Handke, Die Stunde der wahren Empfindung
774 Francis Ponge, Das Notizbuch vom Kiefernwald / La Mounine
775 João Guimarães Rosa, Doralda, die weiße Lilie
776 Hermann Hesse, Unterm Rad
777 Lu Xun, Die wahre Geschichte des Ah Q
778 H. P. Lovecraft, Der Schatten aus der Zeit
779 Ernst Penzoldt, Die Leute aus der Mohrenapotheke
780 Georges Perec, W oder die Kindheitserinnerung
781 Clarice Lispector, Die Nachahmung der Rose
782 Natalia Ginzburg, Die Stimmen des Abends
783 Victor Segalen, René Leys
785 Uwe Johnson, Skizze eines Verunglückten
786 Nicolás Guillén, Ausgewählte Gedichte
787 Alain Robbe-Grillet, Djinn
788 Thomas Bernhard, Wittgensteins Neffe
789 Vladimir Nabokov, Professor Pnin
790 Jorge Luis Borges, Ausgewählte Essays
791 Rainer Maria Rilke, Das Florenzer Tagebuch
792 Emmanuel Bove, Armand
793 Bohumil Hrabal, Bambini di Praga
794 Ingeborg Bachmann, Der Fall Franza/Requiem für Fanny Goldmann
795 Stig Dagerman, Gebranntes Kind
797 Peter Weiss, Fluchtpunkt
798 Pierre Loti, Aziyadeh
799 E. M. Cioran, Gevierteilt
800 Samuel Beckett, Gesellschaft
801 Ossip Mandelstam, Die Reise nach Armenien
802 René Daumal, Der Analog
803 Friedrich Dürrenmatt, Monstervortrag über Gerechtigkeit und Recht
804 Alberto Savinio, Unsere Seele/Signor Münster
805 Henry de Montherlant, Die Junggesellen
806 Ricarda Huch, Lebenslauf des heiligen Wonnebald Pück
807 Samuel Beckett, Drei Gelegenheitsstücke
808 Juan Carlos Onetti, So traurig wie sie

Bibliothek Suhrkamp

Alphabetisches Verzeichnis